知音图

冯堤 ◎ 著

长春出版社
全国百佳图书出版单位

图书在版编目(CIP)数据

知音图 / 冯堤著. -- 长春 : 长春出版社, 2025.
1. -- ISBN 978-7-5445-7628-4

I. I227

中国国家版本馆CIP数据核字第2024WJ3968号

知音图

著　　者	冯　堤
责任编辑	孙　楠
封面设计	宁荣刚
出版发行	长春出版社
总 编 室	0431-88563443
市场营销	0431-88561180
网络营销	0431-88587345
地　　址	吉林省长春市南关区长春大街309号
邮　　编	130041
网　　址	www.cccbs.net
制　　版	长春出版社美术设计制作中心
印　　刷	长春天行健印刷有限公司
开　　本	880mm×1230mm　1/32
字　　数	313千字
印　　张	14.75
版　　次	2025年1月第1版
印　　次	2025年1月第1次印刷
定　　价	69.80元

版权所有　盗版必究

如有图书质量问题，请联系印厂调换　　联系电话：0431-84485611

冯堤诗论：坚守情怀

从上世纪的初年到八十九十年代，远甚于晚清时期的"西风东吹"给中国诗史带来了误读，"西学东渐"给中国诗学带来了误解。其实，单纯的个人情感乃至私人情感的抒写，远不是诗创作的全部乃至主流。诗在写出之前就已经是不只属于自己的了，因为它开始拥有和包含与自己以外的人的共情部分，就是作品所拥有的张力开始发生效用。这种拥有共情的创作和作品能够抵达到情怀的境界，也可以回溯得到情怀的起点。

诗，看上去是格外属于"自言自语"类的文学，为此有语"心灵是诗歌的起点，也是诗歌的终点"。可是心灵这个感受器，在接收感受的时候不应该是一概地收纳，应该有一个不能被激情所遮蔽掉的态度。这个态度就是清醒，是诗作的内层和再内层可以感受得到的精神。有如用母语创作的人应该牢记母语的好一样，因为沿着它能够仰望得到祖先们从前的笑和子孙们未来的好。拥有了这种清醒，就在一定程度上拥抱了情怀。饱有如此情怀,在诗人的创作里面才能够容纳得进历史观、文化观,也会使美学观、诗学观得到有意义的践行。拥有情怀的诗人及作品,才不会在"为自己"和"唯自我"的角落里蜷缩乃至不能自拔。诗创作应该是清醒的写作,用汉语母语写作的诗人需要这种清醒。诗是一种精神向度,代表着诗人所在时代的精神高度,所以作品需要有严肃的价值和停留的价值。

冯堤诗观：敬重大情怀

我的诗敬重大情怀。

大情怀不是空情怀，不是虚情怀，不是伪情怀。大是视野深远的大，情是热爱坚守的情，怀是精神至高的怀。本善美，真至纯，心内外的天地，说出来的纵横。

我的诗践行大情怀。

古诗倡吟，今诗励诵。诗的诵读性和歌唱性，是诗的原生性赋予。情感逻辑的油然节奏，自如；语感起伏的内质韵律，自在。朗诵诗的情味儿，宛若美味食材经由精心烹饪而深得甘味。虔诚地因循诗内在情感逻辑的律动自如，持恒地崇尚诗本身语感起伏的韵律自在，力求想象的穿透力和语感的贯穿力的适时融会。

我的诗讲求"主义"和"学派"。

比如现实主义，比如现实主义的诗学与美学。这也是我所坚守的诗学和美学。朗诵生命，朗诵光芒。

目 录

壹 东木青色卷

新作选《知音图》（诗集选2020年至2024年）

公木书：恩念延安（七首）
 恩念：毛泽东和我第一次握手 / 003
 恩念：第一次听毛泽东讲课 / 005
 恩念：我讲毛泽东诗词的课 / 008
 恩念：为鲁迅先生作护卫 / 013
 恩念：看见鲁迅，想念父亲 / 016
 恩念：延安和我一起埋在我的怀念里 / 019
 恩念：公木文学奖 / 020

松花石诗篇：紫禁崇奉（十首）
 诗篇：不动声色的山高水长 / 025

诗篇：松花砚自己就是深宫 / 026

诗篇：不是每一种石砚都留有皇帝的指纹 / 027

诗篇：一捧海泥凝塑一部辞海 / 030

诗篇：我从故宫回来，松花砚没能回来 / 034

诗篇：松花砚里的骨头名曰主心骨 / 038

诗篇：四百方松花砚锦藏紫禁堂皇 / 043

诗篇：让时间慢下来的办法是每周读砚 / 046

诗篇：一方松花砚和另一方的述说 / 052

诗篇：让我们在一起，在水一方或在雪一方 / 056

三岔子吟：碧溪山镇

歌吟：看见父亲笑吟吟
　　——再回第二故乡"三岔子" / 059

贰　西金白色卷

旧作选《多情旅途》(诗集选1980年至1990年)

《诗刊》的篇章
中国在为我们鼓掌 / 064

我歌唱公仆 / 066

我的二十五岁的厂长 / 070

抬木头的汉子
抬木头的汉子和他们的风雪楞场 / 074

沟膛子里的大木匠 / 078

多情旅途
三十岁 / 082

仰望森林 / 083

嵩山少林寺 / 084

桥姊洞妹 / 085

过望洪湖 / 086

站台 / 087

节奏 / 087

一九八〇的诗篇

山里的雨 / 089

山花醒来的小道（组诗四首）/ 090

孩子，她睡了 / 093

春雨 / 094

山村的太阳（组诗四首）/ 095

叁　南火红色卷

长诗选《抗日歌魂》（诗集选2005年至2015年）

中山手杖
　　　——中山手杖笺谱 / 100

井冈虹谱
　　　——映山红开虹满天 / 114

红军陈酿
　　　——赤水的精神接力 / 131

抗日歌魂（节选）
　　　——写给所有人的捍卫英雄书 / 141

曙色航线
　　　——共和国诞生记 / 185

肆　北水黑色卷

朗诵诗选《神情赋》（诗集选 2010 年至 2020 年）

娜芙普利都大祭司
　　　——新十四行诗 / 200
我爱的：长白山
　　　——新双行诗 / 211
春天里的红旗童话
　　　——新十四行诗 / 233
末代知青
　　　——为大型纪念文集《知青在长岭》篇章嵌诗 / 244
文房融书
　　　——台历上的诗镶 / 272

伍　中土黄色卷

歌诗选《琴瑟书》（诗集选 2000 年至 2010 年）

废墟上盛开的生命雏菊
　　——荧屏朗诵诗作十例
　中国，空气格外流通 / 311
　春风又起（节选）/ 315
　废墟上盛开的生命雏菊 / 318
　白山松水向巴山蜀水的守望 / 323
　在一起 / 327
　大水漫过吉林 / 332
　平民英雄 / 339
　吉林大地一场透心的喜雨
　　——献给吉林国企改革成功暨攻坚战告捷 / 342

生命的台阶，生命的白 / 346

把信念的春天铺向天边 / 351

春天的密码

——朗诵家乡长春六例

春天的密码藏在我们内心

——献给长春道德模范们 / 359

福到谣 / 363

春暖花开 / 365

柳条书：百菜百才的长春城 / 367

长春的精神花园不分季节

——献给纪长秋烈士和这座城市 / 371

微笑和梦想的缤纷盛开

——献给欣月童话中的人们和还将发生的童话中的人们 / 374

雪里梅朵
　　——开放的温暖三例
　　长春好人（组诗）/ 382
　　伊图：雪里梅朵
　　　　——写在长春籍作家梅娘女士九十诞辰 / 384
　　向我们开放的一片葵花，叫暖 / 388
长春好人
　　——歌诗同源清唱剧十六曲
　　序　曲　美善倾城
　　曲一：温柔城——花好月圆道德颂 / 393
　　第一乐章　精神传承
　　曲二：太阳松——太阳诗人公木 / 394
　　曲三：光明行——科学赤子蒋筑英 / 395
　　曲四：种春风——小巷总理谭竹青 / 396

第二乐章　他乡美名

曲五：绿骏马——勇拦惊马刘英俊 / 398

曲六：远烛情——边疆支教冯志远 / 399

第三乐章　平民英雄

曲七：织锦绣——田野巧手齐殿云 / 401

曲八：火赤诚——雷锋式工人李放 / 402

曲九：隐身星——见义勇为纪长秋 / 403

曲十：玉冰心——最美女警王玉辉 / 404

曲十一：鹿回头——草根法官王绍精 / 405

第四乐章　璀璨群星

曲十二：美丽家——代理妈妈天地爱 / 406

曲十三：雷锋车——大回小回的哥群 / 407

曲十四：月亮树——欣月童话倾城赋 / 408

曲十五：醉春天——民生典藏和谐曲 / 409

尾　声　道德接力

曲十六：春城赋——家乡长春处处春 / 411

剧目创作主题词——策划概要 /413

长春笑微微
——诗风唱诵十四咏

天上的长白山 / 417

三百年的夫妻树 / 418

露珠 / 420

老同志是块宝 / 421

吉光照耀吉林 / 423

长春处处春 / 425

报春的城 / 427

长春笑微微 / 428

飘动的绿岛

　　——长春公交之歌 / 429

欢乐兄弟

　　——长影世纪城主题歌 / 431

白求恩还在我们当中 / 432

身边的延安

　　——吉林延安医院院歌 / 434

心中有座宝塔 / 436

前线的好妈妈 / 438

小麻雀食阳光 / 440

后记：感恩写诗 / 441

壹

东木青色卷

新作选《知音图》（诗集选 2020 年至 2024 年）

公木书：恩念延安（七首）

题　记

　　2020年度吉林省社会科学基金项目课题《延安文艺精神中的公木风范在新时代的传习研究》（项目编号2020B193）成果，以《公木的延安之路研究》和《歌载军魂"向太阳"——＜八路军进行曲＞的史诗赓续研究》两篇呈现，课题组成员陈耀辉、冯堤、李铁刚。

恩念：毛泽东和我第一次握手

题 记

　　1942年4月底，公木接到一份粉红色油印《请柬》："……特定于五月二日下午一时半在杨家岭办公厅楼下会议室内开座谈会，敬希届时出席为盼。此致公木同志。 毛泽东 凯丰 四月二十七日"

座谈会的正门口，先开了会的是两只手
没等入座也没有谈，它们就相会相握了
先伸过来的是毛主席的手，公木说
我的手刚伸出来，主席的手像是磁铁
一下子把我的手给吸了过去，不由自主
没等我回过味儿来，主席的另一只手也盖了过来

午后的太阳，躲在杨家岭办公楼的侧门口
像是一部相机，对准后等了好些个时候
咔嚓咔嚓，拍下了毛主席和我的握手
这张照片呵，一辈子都洗印在我心里头
主席的手温高呵，我握上了天上的日头

主席的手力足呵,传给了我一生的劲头

"你写得好啊,写兵好,唱兵好,演兵好!"
一连四个"好",主席都奖给了我这个"兵代表"

恩念：第一次听毛泽东讲课

题　记：

　　"据统计，仅 1938 年到 1939 年这一年多的时间里，兼任抗大教育委员会主席的毛泽东就 26 次到抗大讲课。"公木在抗大学习和工作期间听到了一半。

第一次听课，看毛主席大步流星奔上讲台
主席的手势，更是来得突然，来得精彩

虽然突如其来，但很是应该出现
他的话语是讲游击战的出其不意
讲到了闪电战破袭战的攻其不备
毛主席的一个手势，让我的血涌到了头上
把我正在记录的手，惊得僵在了本子上
我聚精会神地专注，被一个手势击中
犹如神枪手抬手就有，让人没有缓冲

毛主席的出手就是快
猛地一下，尖刀已经刺靶心

咔嚓一声，闪电已经劈倒敌
毛主席出手快，八路军跟着出手快
游击战闪电战，地道战地雷战
新战法快出击，接地气汇民力
连物件和地理都磨炼成八路军的好兄弟

主席对日寇出手是个快、准、狠
主席爱人民的心那是热、诚、厚
毛主席真是神枪手抬手就有
毛主席的手那么一抖，巨龙抬头
八路军蜿蜒的巨龙，横亘在太行山上
全民族抗日的巨龙，活跃成
淹没日寇的大海汪洋

第一次听毛主席上的课，记忆最深刻
抗大的课是全民族抗击日寇的同心课、最大课
抗大抗大，中国人民抗日军政大学
因着抗日而大为着抗日而学，抗日作战才添才学
它办在喷血一样的朝霞升起的岁月转弯处
办在整个民族挺起腰身时，挺直腰板时

主席出手就是快，一个手势

抛出一个激灵，敲击历史的脑洞大开
听主席的课是一种振作，鸣号或者击鼓
天行健，地行宽，一个手势是一种注目礼
中国的抗日和民族的解放有多少次的胜利
就有多少次毛主席的这种注目礼

毛主席是神枪手抬手就有
毛主席出手快应声敌不在

恩念：我讲毛泽东诗词的课

题　记：

　　公木从1964年春开讲、次年至1978年开设课程，计14年在吉林大学中文系讲授"毛主席诗词"课；《毛泽东诗词鉴赏》由长春出版社1994年出版并重版40余次，珍藏版2003年发行量突破50万册、重版27次，获得中国书刊发行业协会评出的全国优秀畅销书奖，系学界业界经典研究范本之一。

上每一堂毛主席诗词的课
都是又到了启程的时刻
讲课和听课，我和弟子们都是在新启程
思想行，徒步行，驾车行，或者飞行
反正不能像陶渊明那样闲下来，停下来静下来
反而是动，冲动，激动万分

讲毛主席诗词的课，像是
翻开巨人带领巨龙腾跃的一部相册
今天该多少页了，或者第一百页

戏曲演出叫作第一百折
即使到达一百课也不折返,不打折
而是新起点,直面向前,从容不迫

主席的诗和主席的词,照着
亲兄弟那样地相互闪光辉耀,在闪光里打磨
每一个字都年轻,也每一个词也苍茫
像是从《诗经》中飘然而至的清荷
但却是主席诗词里迸发的满天春雪
有弟子学生发问,有学朋诗友请教
我的回答都是胸有成竹,茁壮勃出
观点鲜明爱憎分明,精于对仗淋漓酣畅
毛主席诗词的文学线,也是前线
一道鲜血的路线,风骨的路线
反映着中国革命的血红等高线
一条回首望去历史的宏阔地平线
一条思想史心灵史的成长延长线
中国人民独立的航道,民族解放胜利的春潮
一部领袖诗词选集,如今表述是大国重器
思者智者所著,思者智者所读,思者智者所选择
雄关漫道虽如铁却等闲,迈步从头迎风红旗漫卷
从乱云飞渡到风生水起,从料峭春光到万千春色

每一堂的毛主席诗词课
同学们都急着来,期望在我的课堂上
能够赶得上和领袖毛主席的相见相望
不错过聆听湖南辣椒劲道的诗章颂扬
只当是对于没有出席延安座谈会的补偿
应该有一串声音,马蹄声碎喇叭声咽
应该有一盆炭火,火势渐旺焕发红光
关山飞渡,雁啼月下晨霜耀
冰封雪飘,显露红装分外娇
仄声力量磅礴,平韵青云直上
句如大河奔流,章若雄狮浩荡
鲲鹏展翅,阕阕是民族的歌唱
战地黄花,篇篇为人民挂勋章
主席用诗词增暖和增添武器的首刃
是一位与天公试比高而取得完胜的人

主席写《沁园春·雪》时用的炕桌
在延安革命纪念馆陈列着
沁园的春雪,一夜一年都是纷纷扬扬
落入久涸的田园,成为狂飙天落的大赋
炕桌不大,却摆得下最宏阔的新中国年夜大餐

五上井冈四渡赤水,三大战役百万雄师
八路军新四军,毛主席放出并唱响"拿手戏"
激发思维有尖辣椒,喷香补脑有红烧肉
步步取胜,大红枣出来甜脆脆红彤彤地助兴
主席在身披灰布棉袄、两手惬意叉腰之间
让延安窑洞中的灯盏染透了大黎明
使高原沁园里的春雪下遍了新中国

领袖毛主席是我延安抗大的老师
而自己是在悄悄地做着他的好学生
主席在做学生的时候,是了不起的石三伢子
读过无数次司马光砸缸,这回不只为一个同伴
而是他救下了无数个同伴的一个民族
砸开了黄河壶口喷涌,推动了长江一泻万里
成为历史上最了不起的一块大石头
主席还用文房四宝的劲红石头
打垮了手握八百万军队的蒋介石

毛主席是歌颂人民英雄的第一英雄
战地黄花分外香,引无数英雄竞折腰
人民英雄纪念碑上的三行长句
是《毛主席诗词》编外的至高佳作

他让后世仰视英雄,他告诉,仰视英雄
不是我们低微了,而是我们的境界更高了
他以最大的理、最浓的情和最深的告白
与大理石,与汉白玉一起,不朽

上每一堂毛主席诗词的课
都是又到了启程的时刻
中国春风一路浩荡,一路攀越一路高歌
从嘉兴南湖一路朗诵过来已跃一百年
从古田闽西一路鸣唱而来即将一百年
都是不屈不挠宁折不弯的精神骨血
全是昼夜兼程没有停歇的诗词绝句
一九四二年高原上的延安文艺座谈会
一直在座,一直续谈,至今没有散会

恩念：为鲁迅先生作护卫

题　记：

　　《鲁迅日记》1932年11月25日："晚师范大学代表三人来邀讲演，约以星期日。"

鲁迅先生为所有文化人作了护卫
他迎风走在前面，子弹也不敢明着对人
暗箭也不得已拐弯抹角冷不防着来
因为，鲁迅身边跟着很多的人
鲁迅身后涌来更多更多的人

公木是深知大白天里也是需要鲁迅的眼睛的人
与志之及炳杲三同学在日与夜的交接门槛上
笃笃敲开鲁迅的北平家门，第一面就似师生熟人
不可想象横眉冷对千夫指的脸上会有笑容
这笑容专门赠与北师大小校友的公木三人

鲁迅是最著名的暗夜里的思想发光者

在夜幕里把思想抖落出惊人穿透力的人
两只看住夜的眼睛是夜空里最亮的两颗星
鲁迅是以凝注而把夜空烧出一对深远的洞的人
是这样在暗夜里护卫了很多很多人的人

后来的北师大成为鲁迅研究与研究鲁迅的大本营
不晚却很深的北平这晚是北师大最具历史风度的校友会
公木在此三年前聆听先生演讲时是抢在了第一排的人
此晚鲁迅爽然应允前往母校演讲令小校友们喜出望外
而朱自清的两次邀请却是换来接连碰了两鼻子灰的丢人

公木是笃信大白天也是需要鲁迅的眼睛的人
北师大的操棚和操场分别作出了不同的准备
室内的风雨操棚完全盛不下超出预计的盛情
露天的阳光操场预料之中摆上了承载著名历史的
那张八仙桌,呼号八面的来风,稳住潮涌般的人

"北平五讲"之"第四讲":《再论第三种人》
鲁迅生前最后一次北平讲演中,此讲声势绝后空前
"爱夜的人,要有听夜的耳朵和看夜的眼睛"

鲁迅如果是睡着仍然是醒,弄清白天和黑夜的
颠倒与混淆,需要耳和眼的本领远远超越常人

《鲁迅在师大操场演讲》,这张采用率出镜率
最高的照片,成为先生后世及今的"标准像"
历史现场的照片下侧是守护者的公木几个人
好几个小时紧紧贴在鲁迅棉袍身边的人
也永远定格为曾经距离棉袍鲁迅最近的人

公木老早就是"鲁迅总司令麾下的列兵"了
退学教会办学的辅仁,重新考取北平师范大学
要进中国大学,念国文语系,是在学习鲁迅的树人
延安的抗大鲁艺,东北的东大吉大,北京的
文学讲习所,步步足迹都在追随鲁迅的教育树人

鲁迅的大棉袍是永远的中国袍中国棉中国派
只要先生迎风走在前面,子弹也转弯抹角地怕人
鲁迅的身边曾经跟过了公木等等很多的人
鲁迅身后涌来了著名和隐名的更多更多的人
其实不必护卫,因为周围满是爱戴鲁迅先生的人

恩念：看见鲁迅，想念父亲

一株是枣树，还有一株也是枣树
一位是鲁迅，还有一位也是鲁迅
其实不只有两棵枣树，也就不止两个鲁迅
公木看着鲁迅，想念起父亲

父亲送公木上小学的入门升堂
背去的是一布袋黄澄澄的小米
从辛集到正定再到北平
在北师大两次聆听鲁迅
两回看到了父亲为他背过的小米
鲁迅那么充满光泽，金灿灿地饱满
艾草在结痂处生香
琥珀是特殊时候凝作的泪珠

公木跟着父亲触摸鲁迅
追着先生身影想念父亲
破落的家境供养不起儿子上大学
父亲来到中学接小公木返回家乡

从百里开外赶来,在校门口站了很久
朱自清笔下背影里父亲瑟瑟地站着
忍辱负重的背影始终没能转过身来

鲁迅先生在精神上
几乎是所有中国文人的父亲
外冷内热的姿态始终直面人间态势
心事浩茫连广宇,于无声处听惊雷
鲁迅以独到之炬洞若观火
有石头在,撞燃的火种就不会绝
寒凝大地发春华,只研春墨作春山
先生风骨若仙,坚毅如磐
轻捷的步子却若钉子,扎牢大地
经典的棉布袍子抵御天下的风寒

鲁迅在最后十年真的做了父亲
更是做成了中国文学的"教父"
公木懂得了,最饱满的颗粒
是如何地坚守住饱满和坚实
重要的是,颗粒的饱满厚质
不在于表象的大小

许广平于一九二六年织就的毛背心
永远地暖和了鲁迅的心
成为留给后继者常暖常新的贴心棉
父亲身着母亲缝补的棉衣
终于回转过身来,不再只是背影
公木身上拥有的
一件是毛背心,还有一件也是毛背心

恩念：延安和我一起埋在我的怀念里

延安，年轻的时候是给我看见的和让我投身的
中年以后就是给我一遍又一遍怀念的
在一再怀念恩念里面拥抱它和端详它
有幸它能和我一起埋在我的怀念里
延河水的缠绕让宝塔山、凤凰山、清凉山
隔河相望携手鼎立，清凉山下万佛洞
清凉山顶太和殿，太和殿稳坐，延安万事太和
还有万花山，延安四名山引领祖国万仞山
万花山牡丹山，天下牡丹宗在延安
欧阳修说牡丹出延州，《花谱》载延安红红遍天
名山呵护的延安，从来不是只为我看见的
但愿能有足够的年岁在怀念里面端详它和惦念它
并有延河水一遍遍清洗得透亮，一尘不染

> 以上 6 首，2024 年春来初稿
> 2024 年 9 月 7 日定稿 5 首，10 月 18 日定稿 1 首

恩念：公木文学奖

题　记：

　　在中国共产党诞生 100 周年的 2021 年，作为吉林省政协委员陈耀辉、冯堤年度政协提案的落实结果，中共吉林省委宣传部和吉林省作家协会决定：将吉林文学奖更名为公木文学奖、并首次颁奖。

序　幕　延安公木·松

古今风雅颂，聚别日月星
公木文学奖，先生天地人
延安的一棵绿树，浓荫成一片吉林
文坛老八路，诗界常青松

第一幕　公木之文·天

阳光里最璀璨的时光，挽臂时光里最坚毅的阳光
时光里最金贵的照耀，相拥阳光里最温暖的绽放
时光里的阳光身处宁静，阳光里的时光志在流淌
夫唱妇随样的琴瑟之和，交融出祥瑞洪福的大器圣光

仰面倾城,张开双臂,迎迓这春风香甜阳光芬芳
把太阳迎下来,把阳光放下来,时光变得异样的平常
让阳光烙在手上,烤在心上,那是自己掌纹里的五行相
阳光长在心上,天空印在心上,太阳就藏在自己的胸膛
把阳光抽成丝,弹成绒,纺成线线,织成壮锦
经过爱的摩挲而染红升温,把心上的话儿喷薄成万丈光芒

这一轮太阳,集天地大观之绽放,得山水清气之绽放
清凉山上肤施恩德的绽放,嘉陵山上圣明宝塔的绽放
你是抽丝的茧,弹绒的弓,纺线的轮毂,织锦的针尖
延安的太阳,延安的文艺太阳,延安文艺不落的太阳

第二幕　公木之学・地

红松乃百树之选,堪百花之牡丹,比百草之人参
却又非可比拟,生命中因为从无枯荣而天然出众
站立在农历里是完整的立春和立冬,从容耸立成
满季节的春夏秋冬,在历史和年岁里最年长却最常

青

以植物界最高最壮的兄长美名，高蹈天地，壮志凌云
头伸天，足扎地，叶茂根深，和天空土地融不可分
群拥宛峰岭，独在若塔峰，一面旗帜最刚直最坚挺
贴近你仰望你，身躯铺设出一条格外便捷的太阳路径
最能摸到太阳的额头和阳光的起点，最懂得太阳的心
情
太阳接地时的人神中介天使，长风把你拥抱成虔诚的
大摇铃

艳阳时轻抚苍穹的衣领，风云时给天空戳个亮洞
有正义才有高风亮节，年轮斑驳珍藏深情与负重
减少索取的绿叶金针，那是阳光专授的丝绒壮锦
北方的红松，北方的挺拔的红松，北方的挺拔不老的
红松

第三幕　公木之奖·人

"终于找到了高峰"，阳光拍动被感动而濡湿了的翅膀
"这才是群山之魂"，金光的连绵叠嶂让太阳肃然敬仰

铭记这历史性寻找飞翔，高贵精神已经不在遥远的地方
让人泪流满面的热血信仰，才配得上这绿水青山的天堂

文化温暖孵化，精神顺利破茧，阳光在大地明媚地飞翔
大地铺开舞台，轰轰烈烈红鬃烈马，祥云滚滚龙凤呈祥
一览众山小，精湛的艺术大剧场，精深的境界大现场
大戏大开场，传承的文化大广场，情感的自在大牧场
筋骨大戏合家欢，精神大鼓全家福，红松戏曲，太阳高腔
阳春白雪一旦接上地气就是白雪濡染，阳春滋养，春光荡漾

阳光暖人，太阳暖心，桃花李花葵花开出无限疆场
灵魂钟灵，良知温良，太阳的花朵荡气回肠的芳香
精神是天地间最高的奖赏，幸福是阳光下最名贵的绽放
给延安颁奖，给延安文艺精神颁奖，给延安文艺传承再颁奖

2021年5月23日

松花石诗篇：紫禁崇奉（十首）

　　北京故宫博物院院藏的松花江石砚，由于为清代康熙朝及以降九皇帝传世御用之典例，而排列在院藏文献中所有砚种的最前面，"以静为用，是以永年"。

　　松花石是松花砚的赋，松花砚是松花石的图腾；唯有懂得松花砚的包浆，才懂得松花石的年轮。

——题　记

诗篇：不动声色的山高水长

内心深处的山高水长，拓于不动声色的砚脉研刻
一首自然诗篇，用地水天云精深打磨，不动声色
在石头册页里面，镌字或者不刻都是历史的创作
硬朗的笑颜恒久的肚量，与光阴与土地浑然一体
都是不动声色的文脉勋章，身上挂满了山高水长

诗篇：松花砚自己就是深宫

紫禁城很大，江山社稷皇权威达
紫禁城也不大，聚光所在小天下
一张楠木龙椅，一束红墙斜下的阳光
一方巴掌大小的松花江石砚及其它
醒目于中国文房清供的宝坛之上
因寄予敬畏崇奉而举足轻重
因举足轻重而一再加重了崇奉
一脉承传，恍若天愿圣物
松花砚的诗性与紫禁城的智性
连脉，不想出人头地和显山露水
不在意优雅与高贵，祖先已经
卧薪尝胆几亿年，晚辈才情倾泻过后
还是静若止水，忠贞蹲守在紫禁城
松花砚自己就是深宫

诗篇：不是每一种石砚都留有皇帝的指纹

不是每一种石砚都留有皇帝的指纹
透过指纹体量先人的肚量，感受皇帝的体温
历史上最辉煌的盛世上数大唐下念康雍乾
历史上最标志性的爷孙皇帝是康熙和乾隆
松花砚长长方方的方窗内是些他们的秘密
无论朝霞轻照或是晚风微抚，窗帘总是挡着
时光一旦走过都是神秘悠悠的短慨长歌
一叠脚印刻拓过上一轮的脚印或者辨出纹理
一条路径覆盖出新一道的路径或者化作考古
爷孙的指纹因袭承运依稀归来，指引着未来
解释着爱祖地，忠祖心，念祖情，报祖恩

不是每一种石砚都留有皇帝的指纹
也不是每一处河山康熙乾隆祖孙二帝都来过
白山松水边地东疆，亲眷遍地山河崇奉
他们和这里是天大的密切，是天地人和的共同体
他们和名曰松花的石头是乡亲，是族亲祖亲足亲
之所以赐名，是同族同宗同情同心的名正言顺

如果是航拍的话，拍得见这山，拍得见这水
也拍得见松花石和砚，它们的根就在这山水间
还拍得见康乾俩皇帝诗人和随行人的颂砚篇章
他们把家乡山水当作是天大的松花砚，因砚而
研流出的诗篇铺天盖地，锦缎般织满了长白山

不是每一种石砚都留有皇帝的指纹
松花砚的方正，东珠的龙气，鲟鳇的厚尊
嬴政李世民赵佶还有朱棣，都没有享用过
李白杜甫白居易和陶渊明，也都没有想象过
他们没有读到过用松花砚研磨的旨诏或奏章
也就没有机会理悟后嗣康乾盛世的审美趣向
可以一比的，李白的"绣口一吐就是半个盛唐"
松花砚的气场，是"氤氲了多半个大清王朝"
不是每一方砚台都被皇帝御用过
大如不是每一段山水边疆都由皇帝亲临过

不是每一种石砚都留有皇帝的指纹
松花砚的低调谦逊，博得康熙玄烨的喜欢推崇
松花石所在的地方满山满坡辉耀出柳暗花明
松花砚没有趾高气扬的风尘流事而是深闺独处
它知道破茧化蝶的事，是自己的早节还有晚节

扇扇的门在历史上都开成著名的帝王尊和文人范
透过松花砚上留有的皇帝们指纹走向,我看得见
松花砚迸发纤尘不染的锦绣万卷,发出光焰万丈
内心上善若水宁静深流,身旁水草丰美仪态万方
与大冰雪是天地孪生玉壶冰心,冰肌玉肤琥珀念想
与黑土地是惺惺相惜青铜落泥,口吐莲花天神密语
长白山的久来知音,深藏千万年的青睐和一体无分
的钟情

诗篇：一捧海泥凝塑一部辞海

万物敬重着让出了道路，大海敬重着
让出了时间，海泥守口如瓶的坚守
压缩成私藏的秘密盐，秘密盐
以古海的名义说，海水有办法
从底流向面，在低处攀向高点甚至
流上紫禁城皇帝的龙书案和御炕桌

八亿年前的海泥所凝的海花泥塑
躲过岩浆的地动山摇与僵固转身
追随世事的变迁和翻转的腾挪
一个泥点一块海石辗转开放于地表
时间如醋，早已祛除身世标志的海腥
水落石出，亿万年一坨海泥终于出山
聚拢来一大家子的石头砚台，闯江湖

一捧松花海泥活络成一盘江山观赏砚
一团松花海魂塑造出一方清宫御皇砚
时光的纽带抽丝剥茧辉映进色泽纹理

地动的神奇让水与火金和木相敬如宾
从海底翻上来的不是海的轻浮,而是
水的敬重厚重,海的重心,海的初衷
被隆重的时光托举起来的敬重,比隆重
还要重,被潜伏所唤醒过来的潜伏
比曾经潜伏于海的深处还要深
经历山海坐拥山海,研磨塑造辞海里面的山海

海泥已经分身,是一滴水
一把盐一捧沙,一页熔岩一份化石
于在水不溺水中迫使水落而石出
或者是它们的合集,共同的诗篇作者
松花砚说,我曾是一条鱼一具鱼化石
深海里作过亿万年休眠修炼的远鱼
海泥说,我是一束后来化身砚台的海魂
我还是一汪字海一叠字海一方辞海
浩瀚畅游于汉字典籍,卧经枕纬
山高水长的笔画行迹,理路依在
一撇一捺烟火色,两竖三横世间情
四时五福六亲眷,七星八面九天尊
雕梁画栋,风雪柴门,眺望远海
古海深处的身影和时光曲折的回声

是躲不开的相遇,是久远的转身再现

当年的海风剧烈是你刮起和搅动的
也是你止住和凝固的,之所以止得住
有一坨松花海泥其实是一柱定海神针
扎在天池的边上,定下松花江的出门
在再一次火山大爆发的时候
舍身崩裂,粉身碎骨,壮烈入土
黑土地上纷纷来作你守卫霓裳的大护神
你拥有了所有石头都不曾有过的柔情质感
完成了历史上最为漫长的一次慢旅行
思想史或文化史,思想石亦文化石
海泥海魂和松花砚,南书房与翰林院
一部《康熙字典》,天下汉字"第一典"
回应着和折射出武英殿造办处那些
在历史中和诗意里修书写字的翰林

有诗说过,没有海的世界,有山也是残缺
所以先有海,也就先有了凝固的海泥
祛除了海腥,江水的清沁拌和黑土的芳香
康熙皇帝称它松花砚,我想叫它松大方
一张大大方方严肃可爱的文人脸庞

只待时机必将撞击出生命烈焰的火石
看似宁静,实则时刻保有冲锋的状态
稳健清醒养神蓄势,充足能量的电石
且看一方砚,石头和光阴的交媾所娩
先有石斧,后有砚台,再有碑林

尽管肚子吃得圆圆的月亮也没照见深处的
水藻,沉得过深而练就了还能潜藏得更久
海泥没有白发与苍老,永远不是老叟
好像一把安静的椅子,依次承载过
甲骨、青铜、竹帛、纸绢,还有黄花梨
海魂是一方研磨进古海版图的文化纵深
和慎独进深,经过百花开,便是万花筒
山水和风水被松花砚凝神地专注和吸吮
该把山写空,该把水书凝,再把砚研厚
其实,海泥想要证明给人的是一种光亮
这光亮从不被注意的地方微弱地闪射过来
警示珍惜,也告诫比什么都重要的是感受明亮
海泥在说,没有没人住的房子,只有无家可归的人

诗篇：我从故宫回来，松花砚没能回来

复刻品的焐热，唤醒出许久许久的藏温
成全一方灿灿的紫禁城，瞻望见历史上
一张张棱角分明，方方正正的严肃脸庞
俯首案间的复刻品，伸手抚摸出一番滚烫
此番焐热属于时空的绵延，我只算推波助浪
历史是常温者和藏温者，不受节气与气候
征候所挟所持，保持住心脉，仪态和气场
我从故宫回来，那些方松花砚没能回来

正襟躲在飞檐下的乾清宫正大光明匾
珍重每一天的一线金光印照和祥云驾到
它的祥运却是覆盖了角角落落的紫禁城
松花砚怀揣端庄的正，光明的大和博远的光
降临在光明且正大的御桌案头，深藏不露
康熙帝对松花江石所成的第一批新砚
执笔试墨，钦笔御书《松花石制砚说》
供奉列祖列宗用砚，存放于寿皇殿
属第一杯酒恭敬祖先，静山流水守先魂

皇帝日常御用砚,放置乾清宫和养心殿
是第二杯酒致敬江山,日月长辉万古圆
皇帝赏赐用砚,陈放懋勤殿、端凝殿和昭仁殿
是第三杯酒代敬万民,生命经卷庄严现
我从故宫回来,那些方松花砚没能回来

松花砚是不能被选择和调换的,因为
皇帝的赐物已是天赐良缘的物华天宝
松花砚是不能被精挑和细选的,因为
经受过武英殿造办处专司衙门的砚作
先前是一块石头比一个地方活得长久
嗣后是一方砚台比一块石头活得深厚
松花砚把自己的两条命活成日月山川
做石头的命附体于做砚台的命,砚台的命
赋予两手,一手交给皇陵,一手交给文脉
烟云缭绕升腾,经纬交织沉淀修炼,以小见大
灵魂飘进飘出,自由如故暗香如故,气象万千
我从故宫回来,那些方松花砚没能回来

一块石头让人感受到江河流淌与山川远悠
可以想象出大河之洲文明源头的关关雎鸠
一方松花砚,清代雨水浸润、盛世阳光照耀

所有华贵宫殿拥抱成中轴线上的田字大方格
养心殿,太和殿,昭仁殿,弘义阁,紫金崇奉
微缩进一方大砚,山水园林成一勺砚池
紫禁城是宏阔的四角田,巨大的长方砚
把论文写进旨诏或奏章,撒播向天地民间
榫卯构建的起承转合,天地秩序的浪漫构想
它的魂灵明媚飞跃古今,总览上下千百年
圆形砚,是有人把太阳从天空中取了出来
独照一方佳境,凝练作千古幽思的论述
方式砚,把四海八方抻直了尖角炼成朱丹
独领一派风骚,书撰成秘而不宣的箴言
放在御案一侧,用最中国式的美学表达
圈圈研磨的思忖,层层推展的说服
我从故宫回来,那些方松花砚没能回来

把长白山的一角折叠压缩为一块砚材
把松花江的一段熔炼提纯进一汪砚池
把所有爱戴松花砚和松花石的人都认作
是慧眼明心的皇上或者严明传世的子嗣
驭马昂首或抿笑里头流淌出祖先的卓异
没有轮辇行天下,不长翅膀飞古今
以不动掣肘万动,以不动推进万行

飞不动的让风扶起,飞得高的给阳光领路
天给山让路,山给石头开路,石头仰仗山
倚仗河谷,松花砚收藏过最经典的《知音图》
有着变动不居气象万千的山光物态,这是
松花石的《还乡记》,不同于陶渊明式的归去来辞
我从故宫回来,那些方松花砚没能回来

紫禁城最动人时候,是百花盛开,蜂炼方丹
松花砚在案,止住远近喧哗,豁然满堂高远
普天下找不到孤立的事物,是松花砚作了隐秘的勾连
风声雨声树木摇鸣,"一片孤城万仞山"
上千年的古柏,在皇宫大殿前配合着钟声清脆而青翠
几百年的松花砚,在几亿年石头里脱颖而出脱口诵念
古籍古砚长轴手卷津津乐道地向前滚动,结伴光阴笑脸
一线祥云金光印照过来,像是在乾清宫正大光明匾前
我从故宫回来,有惋惜,那些方松花砚没能跟回来

诗篇：松花砚里的骨头名曰主心骨

当历史的一段钢筋猛然嵌进了石头
石头不喊疼，只管暗暗地抗和顶
这韧劲被不声不响的文人们看在眼里
疼在心上，没人见过时间的牙齿多锐利
却看得见被时间啃剩下的骨头和残渣
没有被时间的牙齿啃动而留下来的石头
是砚台，数起来就是松花江石砚及其他
时间隧道，说的是情愿被钻透骨头的石头
大起来是顶风化霜的城墙城堡
不朽起来是玉帛崩裂，天空回响
精粹起来是追求包浆的砚台和玩件古藏
打开胸怀，满满的都是从灵魂到眼睛
初心是懂得不朽，貌似寻常却不会寻常
以不朽的魅力钟爱自己的钟情和接受别人的钟情
松花砚里的这种骨头，名为主心骨

骨头和石头的族群虽然相差万千
石头和骨头的基因却是一体之间

骨头里少有石头，石头里却大有骨头
所以松花砚里的骨头名为主心骨
在颅骨里发掘思想的泪水和日出时的高音
在指骨里触摸抑扬顿挫古意葱茏的文人赋作
有髋骨盆骨就悄无声息稳坐钓鱼台
有腰骨腿骨就挺得起站得直不抖动
有肩骨尽可扛稳江山重任的旗帜
有锁骨封闭得住皇帝诏书的秘密
有肋骨就排列出方圆规矩雅致礼仪
好石头内中孕育一种密度更高的骨头
另一类立场笃定精神不朽的骨头
成化石，为砚台，研磨出有力的碑拓
骨头意志融石头精神，蔑视天空的虚无
洞察世间万物空与实而放之四海
骨气和石风，是天——仙——配——

所有的骨头，都要长在肉里头
如果把骨头露在外面，便成为伤口
松花砚里的骨头站着说话，有骨力
无论怎样都是站立而且很稳，有骨气
无论内心再怎样跳动，它们就是
单纯的一个心眼，都是稳稳地站立

骨头里拥有不会被击倒的石头，石头里
保有不会被抽走的骨头，渗透出来的是气节
弥漫出来的是天行健地行宽的精血和元气
潜伏在骨子里的铁不生锈，是不锈钢
内心有十八般武艺和二十四番花信风
那里的磷火越积越多，在骨节里点燃
骨头从肉体走出来，石头从山体跑出来
骨头磨成最利的剑，石头是它最坚的鞘
俗语说，牛走了却带不走一具骨头
松花砚说，来到世上是为了看见阳光
活在世上，是为着成为阳光
松花石的命曾经是很久很久的待命
松花砚里的骨头，名为主心骨

松花砚浑身无清无白，却是道地的清白
道地的清楚，到底的透彻，不清苦
反而青葱，丰富露出的是清白的傲骨
松花石的骨头在于松花砚，在于
摸到了且收藏了松花石的岁月包浆
陈旧是一种非凡的力量，是在保护一种
被发现的价值，大如裹有深绿的青铜
细细听，里面有咔咔咔的作响，也有时

是咯咯咯的笑声,你听不清的时候
应该明白,那是它的骨头还在生长和更新
所以松花砚里头的骨头不死,不朽,永生
它被收藏放进不起眼的角落,指望
懂得它的人和找它的知音,一定回来
所以它警示自己,不要改变以往的姿势
别让人家再认不得它,就像找不回老家
我总想着,给所有中国人都送上一方松花砚
因为松花砚里的骨头叫作主心骨呵

是谁在灵魂中找到了骨头,醒来发现
一只手压在了胸口,没有浪漫的花和多余的话
要找回我们遗失的骨头,精神的筋骨
那里面的骨髓最有分量,最具坚挺的伟力
松花砚是石头里的知识青年,沉默不语的思想者
石头必须赶在火焰之前,先把骨头点亮
火种就藏在内在的磨砺和碰撞之中
把骨头铮铮敲响,围着海泥辞海烤火
拥抱远古传过来的火种,从松花砚上
飞腾出去的是大手笔,直追"三希堂"
最难啃的是骨头不是肉,骨头总是被留在最后
绝命后卫师把守最后的阵地山头,胜利在最后

最后就成为总也不完的同义语，也是最久长的
瞩望和从容，所以最难啃的骨头很光荣
它不会坐失从一方砚的身上看见祖先
它不会忘记把爱憎分明刻进骨头深处

坐在天空里的石头，被称作闪亮的星辰
青叶长在羊群里被叫作草原，没有一双鞋
永远合脚，在于时间把光荣的伤口愈合
坐在骨头深处，心平气和沁满生命的包浆
不让古典擦肩而过，不让手卷展阅惋惜
天下寒冷斗不过狐裘貂氅，天下温存
比不过砚边炭火，上古饮露吸气的众民
栖于杏花桑林吐故纳新，一泓温暖的
丹田浩气，上升九州九野风雷云霓
安坐的松花砚不着急起身，坐在爱里是福分
也从来不担心，它相信自己的骨头正在年轻
它那生长在使命里的骨头，世人誉作主心骨

诗篇：四百方松花砚锦藏紫禁堂皇

题　记：

　　据故宫文献，存世的紫禁城武英殿砚作所制松花江石砚计四百方上下，其中北京故宫博物院院藏近百方、台北故宫博物院院藏近百方、社会民间收藏百余方、日本国掠走百二十方。

四百方白云深处，草木通禅
四百方玉砌堤岸，花开河心
四百方物景冲融，溢外桃园
四百方紫禁胜境，碧山福乡
四百方龙胆虎威，古今慷慨
四百方龙腾虎跃，激烈壮怀
四百方尘埃奔马，过隙白驹
四百方金戈铁马，沧海桑田
四百方帷幄之师，步履铿锵
四百方千秋大赋，万年紫禁
四百方四海承平，江山一统
四百方花红柳青，煦睦和融

四百方上下求索，壮志未酬
四百方凌空九万，激水三千
四百方江以山尊，石为峰崇
四百方物华天宝，玉润地灵
四百方崇仰节义，卓尔不群
四百方民族焠骨，华夏绽荣
四百方英灵不朽，情怀流芳
四百方紫气东来，峪水澄泓
四百方红梨照院，青镂濡毫
四百方黄瓦红墙，瓜瓞绵长
四百方钟灵毓秀，益智尚美
四百方倾墨以鸣，振酒而和

四百方纵观碧落，仰望星空
四百方祖堂芳菲，皇天紫微
四百方丹青熠熠，霞润晶晶
四百方泽光耀耀，满汉悠悠
四百方松花砚墨香大清华堂
四百方松花砚锦藏紫禁堂皇

四百晶钻不抵紫禁皇家学伴

四百美玉不换朱批御砚松花
四百种子不及汉字度法万盛
四百光年不如国书芳龄三千
四百煌煌巨字展动莘莘黎明
四百赫赫史书翻开郎朗涅槃

"三千"注：中国书法历史 3000 年

诗篇：让时间慢下来的办法是每周读砚

周一：琴

庄周仙去的时候一松手
素琴落入水中孤自弹奏
水纹传递天籁
康熙帝把松花砚传予后世
松花江满江满水满芳华
文采尽染厚天
庄周托付水中捞琴
因不辨琴声泉声而无奈
康熙留下美名松花
因宁静深流而紫禁崇奉
高山流水弹琴
雕龙绣虎染翰
都是心头肉

周二：仙

松花砚不会开花
所以从来不用选择季节
长寿的季节都是自由的季节
当别的生命已经完结
它还在那里生长，蹲守和等待
松花砚不是桃花梨花有开有谢
而是无花果，无花却也有果
饱满而永固的天地之果
藏有一个秘密从来不说
若一个智者凌空望远在那里
或一位仙人闭目养神在那里
纵是刻骨铭心也是一篇赋待读在那里
纵是石破天惊也是一盏茶凉透在那里
山石垂默，溪水诵经，终日
端坐在文人山水里安居
比乡村更古老，比城市更从容

周三：观

松花砚只有正面，而没有背面
被翻过来也是稍事休息的正面
面向初心的正面，无论在何处
松花砚都是正面，绝没有反面
即使在别处也不是此处的背面
松花砚确是石头里的知识分子
总是挽手着文房清供诸子诸友
和它们在一起架构起山高水长
回忆出紫禁城夜桌窗影的光轮
也回复那养心殿上书房南书房

周四：听

有一种声音在等，在等待倾听
有一种声音在响，我一直倾听
用耳朵贴在砚堂听
墨道沿砚心旋转的时针步履
用鼻子临近砚池闻
墨海的深水似乎风干的余味

用眼睛盯住砚岗看
墨与水泾渭分明的操守境界
用嘴唇对准砚额亲
墨不到的砚唇托举雕梁画栋
无字满是字，有字不见字
日月合四壁，风雨聚砚池
砚体是进入睡夜的四合院
砚池是灯油被点枯的灯碗
砚面是月光在当院里磨面
大豆研磨豆浆准备喂饱东天
松花石睡着也是醒
松花砚是它忠实的梦

周五：慢

在漫长的夜行车途中
等待意料之中的相遇
平静的火车在运行
绿皮慢动绿常生
读松花砚就是在慢
慢下来是真追求
研磨的动作一再放慢
仿佛手上墨倒着生长

让华章写满天空
云慢于风,岸慢于水
花香慢于绽放,慢于明亮
枕头慢于理想,情书
慢于思念,恩慢于爱
蝉声慢于一个盛夏的沸腾

周六:读

在经意和不经意之间,其实都是在意
在经心与漫不经心之间,也都是有心
让时间慢下来不易,所以还要努力
让时间慢下来的办法是品读松花砚
蜜蜂把自己省略成蜂蜜的模样
松花石把自己精粹作松花砚的样子
载动太多理想而不肯飞去
等待相濡以沫的松花砚
松花石是松花砚的赋
松花砚是松花石的图腾
唯有懂得松花砚的包浆
才懂得松花石的年轮

周日：送

还要慢下去，读松花砚怡然
它由石成砚就是在更加缓慢
葫芦的成熟让自己更加虚心
松花砚的经典把心长得更实
越成熟越是服服帖帖的密实
砚有六面人有俯仰，让时间
缓慢下来是多么昂贵的福利
松花砚是位最稳定的慢跑者
奔行或静止都是光阴的光亮粒子
松花砚还拥有着红松树脂的香味
深处内含东北虎深居简出的动势
每位知识分子都该是一方松花砚
每个中国人都该收下我送上的松花砚

诗篇：一方松花砚和另一方的述说

一、这方

虽说石头无国界，石砚绝对有家国
松花砚的母体石，有家有园更有国
我们称石头的头和砚台的台，代表着
尊严和情怀，无论怎样的风都不能
吹走松花石的心，刮走松花砚的志
松花砚有冷，更有你没有体悟到的热
我们不失眠，也没有过真正酣睡与沉湎

在咱们的族群里，你该算是什么
对于你的所在，我又该说些什么
如果你不拍淫威夺掠而宁折不弯
如果挣脱掉自己狠狠砸在那些人的脚面骨上
如果使劲儿研下一滩浓墨泼他个乌黑满脸花
如果你被他们恶狠狠地摔成破碎和残缺
你也就没有背井离乡，从而得到保全晚节
再如果你惋惜紫禁城在他乡悔悟而自残自缢

我们会收到你传回捍卫我们族群的噩耗
那也是你告慰祖宗的终砚和挽回族群颜面的衷言

二、那方

我们是一块块心一直走在回家路上的松花砚
以干涩的日子研磨泪水,弃掉时光里的干眵
我们早就远离了墨,而掉进了永远的黑暗
砚池堆积成一个个黑黝黝的大洞,黑得
不着边际,黑得毫无希望,黑得罪痕累累

我们向往相遇,重新相遇在紫禁城
我们向往那温文尔雅的手温,向往那深厚阳光的折射
我们想站立起来,一个站起来就是一块墓碑
都站起来,是一大片墓园,我们和你们此生
就是同一块大石头上的石头子,分也分不开
武英殿砚作师傅把咱们不舍地分开的时候
我们还没有感觉出别离与孤独的分量
但是自那次仓皇以后,聚拢就总是在梦里了
我们离别前的样子总是那么撕心裂肺

真想有一次撞击,来一次天大海大的地震

把我们弄成细碎的松花石石子,或是海泥点子

细碎粉末能够让我们搭上季候的洋流风向回家

或者碰撞和撞燃出哪管只是星星点点的火花

我们都化作火红的墨热辣的墨,燃烧得旺旺

好好地照亮回家的路,照亮我们好好地回家

三、双方

我们还乡的声音已经喊得生锈,已经开始嘶哑

也许你们已经难以听到了吧

听到了,听到了,我们四角长方的松花砚天生对称成双

犹如这砚和盖,天生是不可分的美学创造、精神连理枝

我们向往着宁愿还原为原本的松花石头

我们向往着挣脱锁链,盼望着还乡归家

还我们在家园里的自由自在,可是还乡的声音已经生锈

不,不,你们还乡的声音,一直在萦绕在响亮

母亲在想着我们一起的时光,在《黄帝内经》的时

间里
和宫廷皇子格格们清晨温书,脆声朗朗托起太阳

对,对!那正是我们向往的回归,盼望的还乡
我们沙哑得快要发不出声音了,但是声音从来没有变调
心中一直是,梦乡,怀乡,还乡

怀乡,还乡,醉乡,祖先理解你们:此时无声胜有声
母亲和我们都在等你们,翘首以盼着
你们的声音,就藏着祖国旺盛生长万物拔节的声音里面

四、天方

天上没有一颗星星走散
地上不会让一方国砚落单

诗篇：让我们在一起，在水一方或在雪一方

松花砚族群天生没有天各一方
一直是相拥在一起才称作一方
方方正正，横边和纵边不分手
堂堂正正，宽向和高向不离开
松花砚的内涵是站成一个立方
把四方围起来成为涵水的一方
钟情重解《诗经》的在水一方

不是那样的比邻而居也在水一方
不是《诗经》国风里的伊人在水
山论座云论朵人论个松花砚论方
道上一声珍重就是剑还鞘燕归巢
当两个有过关系的人水落石出了
各自便是天赋于对方的松花砚一方
各自是捧有禁得住等待的心念一方
墨和砚的亲爱关系就骨断筋还连了
砚和笔的日月情思就海枯石不烂了
松花砚的辞海里永远没有天各一方

只有重归相濡百年好合或长生不老
只有在一起,在水一方或在雪一方

只要爱李白,就把唐代的月亮藏入松花砚吧
爱李清照,就把宋代的声声慢唱进松花砚吧
一种亲和的光亮,在不曾注意的地方照耀
让我们同在一方,把紫禁崇奉的暖阳揣在
胸怀的最中央,抵抗有意的和故意的遗忘
伊人伊水凝成伊石伊砚,松花砚惜玉怜香
在一起,是最亲和的光亮,最亲近地珍重
在一起,比什么都重要比什么都光亮慈祥
记住,没有没人住的房子,只有无家可归的人
所以,让我们在一起,在水一方也可在雪一方

以上诗作 2024 年春来初稿,秋深改定

三岔子吟：碧溪山镇

我的第二故乡三岔子镇地名，在清代末年即行使用、史志与方志记载超过 110 年，1995 年被改名江源县、再 10 年后乡镇街道级的三岔子也被除名。当地人习惯把三岔子的"三"读作阳平音，这成为判明是否纯正本土人的标志之一，是家乡的母语、乡愁的知音。

——题　记

歌吟：看见父亲笑吟吟
——再回第二故乡"三岔子"

重回山镇无比亲
只有山水未变身
金贵更在没变心
看见父亲冯彩金

儿时笑容飞满天
太阳照耀父子亲
繁树繁花缠彩云
碧山碧溪漫真金

面见父亲冯彩金
往生岁月沉似金
心事闷声烟把门
只把笑容给儿孙

冯家中彩福得金
瓜瓞绵长比金纯
子优孙秀金不换
富贵添彩殷子孙

父亲未见第四辈
重孙重女仰祖亲
李白李清念唐宋
冯家传承谱来今

南京父亲沈阳母
长春子孙水土亲
真金不怕火来炼
唯现父沉子孙金

父亲关爱晚生人
有问托梦驾彩云
两个故乡根连根
福藏父亲冯彩金

思旧念慢细水勤
原汤原食化原亲

历史因由过眼云
故乡异乡泪沾襟

    于 2024 年 9 月 7 日，11 月 22 日定稿

贰

西金白色卷

旧作选《多情旅途》（诗集选 1980 年至 1990 年）

《诗刊》的篇章

中国在为我们鼓掌

八十年代的太阳终于选择了我们
选择了我们的不满我们的骁勇我们的激昂
沿着我们急切渴盼的目光的跑道奔来奔来
兴冲冲登上我们雕塑般宽厚的臂膀
镀亮我们年轻的队列挺进的城墙
我们的节奏是中国最为明快的节奏
我们的喧响是当代交响乐的华彩乐章
我们的呼吸是更替时节的新鲜的季候风
我们的走向是古老的巨龙图腾的走向
我们是光荣的改革者、勇敢的耕耘队
我们绷起的脉管中沸腾的热血
和受过压抑的热情一起开始发电发光
我们有敏锐的洞察力

我们的手可以感觉和预测世界的风向
突破推进和台风似的呼啸
已走进我们的每一页日历
怯懦彷徨和蜗牛似的缓慢
已被我们远远地抛给死亡
我们已经通过了人为布下的大片雷区
已经排除了或明或暗的羁绊和路障
我们更清楚前面也决不会一马平川般坦荡
艰苦是我们艰苦者的骄傲
改革是我们改革者的信仰
我们是潮水
对几千年的涡流、沉积连同狭隘和惰力
来个倒海翻江
我们是风暴
要洗出一个亮晶晶的天地亮晶晶的太阳
对于电脑时代对于二十一世纪
中国我们的中国还是一片圣洁的处女地呵
我们正用强烈不羁的爱和迸发的挚诚
急不可耐地扑向她为她打扮让她做新娘
生命的花朵开放在处女地上才最美丽最幽香
祖国做证：我们的每一个行动
都是掷地有声的爱和创造的宣言呵

用历史和现实的双声道向全球播放
我们要把改革的艰难,壮烈和欢欣
一同写进历史的教科书写进中国的笑声朗朗
八十年代的太阳才毫不犹豫地选择了我们
选择了我们的不满我们的骁勇我们的激昂
登上我们大理石一般宽厚的臂膀
镀亮我们年轻的队列挺进的城墙
于是,中国在为我们热烈地鼓掌了
为中国锐不可挡的振兴鼓掌鼓掌

原载1985年第8期《诗刊》月刊(中国作家协会)
获评全国希望诗歌联谊会第二届大赛一等奖、我被推举为
联谊会副会长
1985年武汉东湖中秋诗会上颁奖

我歌唱公仆

沿着《国际歌》的走向,响起了
响起了震天的脚步,那开天辟地的爆竹
一双双青筋暴跳的,流着血的脚板呵
开始了世界上最伟大的造山运动
像黄河一样弯弯曲曲,弯弯曲曲地行进

踏出了《义勇军进行曲》明亮而昂奋的音符
一串报道黎明的光谱,一条血红的路
创造了一个崇高的词汇:公仆

我想起巴黎公社的英雄们
怎样捍卫和战旗一起站立的红色政权
我想起阿芙乐尔舰上的炮手们
为人类的曙光向冬宫射出多少愤怒
我想象铁锤和镰刀是怎样
用星星之火锻打出共和国的晨曦
我思索绑腿与草鞋是怎样
从雪山草地走进了中华的编年史书
公仆呵,你是从高尔基的诗篇里飞出的海燕
是从贝多芬第九交响曲中勃发的生命元素
你的全部档案是坚信和忠诚
你唯一的志愿是像泰山骁勇的挑夫
用咸涩的汗和悠远的思索
担来一个泰山般顽强而有希望的民族

从离休的将军指挥起大街的那双手臂
我感到了公仆的平凡和伟大
从自卫反击战壕堑边腥红的花瓣

我认识了公仆的庄严和淳朴
我歌唱志愿向塔克拉玛干进发的勇士
我歌唱引滦战士用鲜血浇成的雕塑
歌唱敢于推局长上被告席的纪检委员
歌唱通宵亮着明灯的中央书记处
我歌唱长年建房而从没调房的建筑者
也歌唱自学成才集资办企业的新闻人物

我知道——
公仆的组成不都是鲜花，歌声和坦途
更多的是嘲讽，冷遇和飞来的冲突
有多少诚实的心沉重得像白矮星
多少滚沸的血涌呵凝作冰山雪谷
劳模的红花却开放出节外生枝的私语
实业家的才干竟换来悲剧气氛的调令书

但是，毕竟是不锈钢似的身躯
突破了比泸定天险还难突破的围攻
毕竟有老黄牛一般倔强的性格
冲出了比紫禁城还难冲出的嫉妒
公仆毕竟是公仆
我愿公仆都在大会堂接受掌声和敬慕

我呼唤骆驼的坚实和腊梅花的傲骨
我呼唤，呼唤蒋筑英，呼唤罗健夫
因为还有人只顾捞取超额报酬的玩忽职守
茅台和白兰地淹没了多少人格和国格
金子似的时间还在扯皮中发着霉污
我呼唤雷锋呵，呼唤更多的朱伯儒
因为候车室里丢失钱夹的大嫂在哭
人民来访大楼的台阶上冤屈的大叔在等
同志间的误会正期待爱的阳光去解除

我相信初春会染绿整个原野
无私无畏的献身精神会空前复苏
我相信公仆在巨龙故乡的繁衍
像群星灿灿，像山花簇簇
我相信个体表店会把偏离的时间修正
相信街头鞋匠会把追求的勇气和信念补足
为了求索，让生命在拼搏中溅出火花
我，我选择了一个庄严的职业：公仆
我看见了潮水般涌来的队伍
那是共和国崭新的等高线呵
真正与珠穆朗玛比美的肖然的石柱
肩头有老一辈的传统，信赖和遗嘱

面前是无可阻挡的前进和铺筑

祖国呵，我欣慰了，我骄傲

我是我歌唱的公仆，我是我歌唱的公仆

让藏着黄金和热望的美丽的国土

去与光辉的二十一世纪相会

再不能延误，也决不会延误

我们事业是突破，是改革，是创造

更是实践马恩两位伟大哲人的科学预言

迎接人类历史上最辉煌的日出

原载 1984 年第 7 期《作家》月刊（吉林省作家协会）
由吉林人民广播电台著名栏目"诗朗诵"首篇配乐播出，
获评展播节目一等奖

我的二十五岁的厂长

二十五岁，一个世纪的四分之一

我们等于是一个世纪得天独厚的春天

年轻在毫不掩饰地证明我们

我们都清楚

让贤的老厂长皱巴的脸庞上

堆积了怎样的情感
和你相握的手
贮留着怎样的热度和颤抖
我们更清楚
事业的潮水在我们胸中汹涌了很久很久
现在该是发电的时候了

人们终于开始认识了
时间和速度才是中国的石油
中国的石油是速度和效率呵
不能
再不能容忍像拉起川江纤绳那样
蜗牛似的行进，蜗牛
中国是会被拖垮的
世界运动的图像振荡着我们大脑的荧屏
我们的荣辱兴衰
将由信息卫星播发进东方史纪
我们属于共和国年轻的太阳系
熔岩挟着亿万个卡路里的火和能
向四面八方迸溅

窘境围困我们缠绕我们算得了什么

只当是一个巨大的金茧
待我们把它抽出耀眼的丝线
断了纱头的利润要接起
纺入了加速度的思考
接起衔着希望的快梭
齿轮干涩了腻住了锈死了
用更新咬合出工厂繁绿的年轮
写进我们的厂志我们的青春我们的二十五岁

厂长
我的厂长，我同龄的厂长

我们是叛逆
墨守成规的叛逆
传统惰力的叛逆
致使视力减退，肺活量降低的恐惧症
在我们身上制止遗传消逝基因
挑剔和指责的风沙不会摇撼我们淹没我们
我们有定风珠
实干在特技瞳孔里
会拍摄出一头维吾尔姑娘的辫子
任人去抓，去数吧

出头鸟是总该有的
而出头鸟的鸣唱才引出最响脆的春天

我知道你的缄默将诞生果敢
果敢中诞生伟业
为厂长这个普通又非凡的名词
创造八十年代崭新的内涵与外延
我更知道你上任的头把火会从自己燃起呵
我们都懂得
能使工厂克服静摩擦而飞奔的支点
是诚厚的民心，民——心

厂长，厂长呵，我们二十五岁
中国将因我们的年龄而璀璨

获评吉林省庆祝中华人民共和国成立三十五周年征文二等奖

原载 1984 年 9 月 24 日《吉林日报》

抬木头的汉子

抬木头的汉子和他们的风雪楞场

渐低的铅灰色天穹与山野
一对铜铁大镲，终于
撞拍出绵长绵长的嘶鸣
耿直的电杆慢慢倾斜身子
呼啸地抵抗
西北白毛风赶着雪的马群越过小铁道线
奔进了楞场
奔进了楞场
被占领的楞场开了场

楞场总是昂着头
山岭似的稳健站立挺脊
这里的汉子永远和风雪是

不是冤家不聚头的欢喜对头
大棉靴的气锤下去
给雪野砸出一个个暖坑
长毛毛的狗皮帽子在腾腾的热气中
豪迈地摇动风信旗
喝令驯服风雪的不羁
二锅头最熟悉他们的脾气不过了
暴烈、刚毅而深沉

雄性的长白山养育刚性的儿子
他们的祖先就躺在向阳的山坡上
悄无声息地审视着他们鼓舞他们
守望着悠远的期待
这些彪悍的酋长，阳光
在脸庞上犁开了红黑的土地和开裂的岁月
古老的野风在皱纹的沟膛子里
粗暴地播种更年期
却懊丧地收获年轻豪爽的大笑
粗大的原木陈列着他们的筋络和骨骼
而铁打似的肩膀
完全是为着抬起整个大楞场才宽大结实

此刻
他们从风雪中获得应战的激励
甩掉棉大衣来个痛快的大战
像痛快的干杯痛快的吃菜
这些从未打过败仗的勇士啊
厚大的手掌狠狠地把那口唾沫搓成
自信的力和强烈的欲望
弓起背脊抓住抬杠,抬杠
把头号子就浑厚而沉重地响起,响起
人生之钟嘹亮出风雪楞场不老的回鸣
从他们希冀里飞出的号子总是常新的
鼓劲儿的
像那远处涌来山林的一阵阵涛声
永远不会一样

配合,默契地配合
他们上跳板
上——跳——板——喽——
粗壮的原木连通了他们
胀满坚毅的脉管
大棉靴子像是铆钉扎下去
再锤下去

狭隘和怯懦蜷缩进脚底
碾成雪末让西北风嘲弄地兜去
而他们在升高
却在跳板上稳健地上升
上升了

当风雪的猛虎瘫倒在
这帮现代武松的脚下
一场胜仗又属于了他们
摘下狗皮帽子
大脸盘子端出满满的骄傲
大汗珠子是他们闪亮和善良的徽章
猛劲甩动狗皮帽子
拍打拍打身上的残雪木渣与风笛合奏
与驮走他们成吨汗水成吨的力的小火车
送别
送别那小火车叼着的长杆烟囱的旱烟袋
他们开始眼馋了
在点着的辣得呛人的豪迈和热烈里
冒出了他们的女人
祝福他们鼓肚的女人
也咒骂他们开始负心的女人

一通抒情的乱炮狂轰
升起了风雪大楞场迷人的黄昏

黛色的庄严，开始
扩散，渗透
把这时才袒露出平静柔顺的大楞场
缓缓升接向深不可测的天穹
让天穹和汉子们生死与共的风雪大楞场
涨满永恒的搏击信念的风雪大楞场
浑然
一体

风雪大楞场呵……

获评全国希望诗歌联谊会首届大赛二等奖，1984年杭州西
湖中秋诗会上颁奖
获评东北四市"北国之冬"文学征文一等奖

沟膛子里的大木匠

一阵粗壮的号子
一串吉祥的爆竹

一缕撩人的蓝烟
一片憨实的喧响
扶起了飘着红布条子的人字架
立起了一座新房
多了一簇烟火人家

每当这个时辰
沟膛子里的大木匠
抽烟闷声不响
像是在打量新过门的嫁娘

拉出墨绳
绷紧在墨盒里浸泡了很久的激情和热望
黑亮亮的墨迹
接长了他人生的堂堂正正的又一段落
锋快锋快的锛子
卷起呼啦呼啦林涛夏雨的痛快
汗流浃背的汗珠闪亮
是灿烂阳光送给他的一串串奖赏
他的锯子拉动得更加从容
眼神透过锯开的缝隙
追溯出年轮里的往事和纹络间的愿望

再刨光一遍
增多一分深情和祝福
刨花在他的手上一次次绽放
用温润的内心一次次打湿那枝叶
这是他种出来的原木清香
他的手上才是森林的好花期
刨花一朵朵一簇簇在脚下生长
等不及地给他端出满满登登的笑

大铁锔子
在大巴掌和大锤头的威逼下
紧紧咬住松散
天生鸳鸯一样的一对榫卯

沟膛子里的人字架
把个大写的人字美字，刚字强字
像种大树一样
种在了阳光下赛过过年的沟膛子里

大半辈子
都是踩着房木的山脊过来的

沟膛子里的大木匠
不事张扬，但却精神荡漾

多情旅途

三十岁

三十岁是负重的骆驼是爬坡的瘦马

三十岁的胡须长得好快像施过了肥

三十岁的眼镜凹得好深暗亮如火

三十岁的喉咙打结有说不尽的话但说不出

三十岁的胸口顶着爆破筒总在引爆

三十岁来不及照镜子一照就不认识自己

三十岁的鲜血流速最快总想漫过堤岸

三十岁的心弹跳力最强,一如少年时的皮筋和毽子

三十岁的母亲扔下奶瓶又操起《夜读三百六十五》

三十岁的父亲忙中偷闲拍拍齐到腰间的小儿的头

三十岁的眼镜该增加度数

三十岁的套袖难得脱下来

三十岁上楼梯速度最快

三十岁笑声爽快很有分量

三十岁注定是流到崖头的瀑布

三十岁毕竟别无选择也不指望什么追认

三十岁恩恩怨怨悠悠长长

三十岁泪水滚烫汗水冰凉

三十岁想起一两个人谈起很多的人

三十岁做好一些事也有一两件憾事

仰望森林

森林没有门，却到处都是门

森林没有门槛没有窗子

却到处都有阳光

森林的胸怀敞开

是别一种神秘和另一种的诱惑

森林都是入口也都是出口

各种人格可以便当出入

各种人格都有自然的赏赐

所以森林让你不会走错门

所以你会迷了路，会走抹搭山

没有入口也没有出口
这是森林的高深

嵩山少林寺

名刹久古
古刹远名
少林寺
少林嗣

林很少
只几株古松
少如林
只几位长须长老

削少发入山门
少年若林
塔林一片不是林
塔风如林

吼若洪钟
山常摇

武如飓风
地总动

达摩面壁古久
在山顶洞间
禅心常驻
修炼少林更年少

桥姊洞妹

桥是洞的袒露
洞是桥的含蓄
桥是洞的出击
洞是桥的隐蔽

云贵高原两位秀峻的
导游：洞和桥
桥连洞洞接桥
洞生桥桥孕洞

入贵的列车
一条碧翠的拉链

曲里拐弯挽起了
明山和秀水

洞是桥的小诗
桥是洞的小说
洞是桥的浪漫
桥是洞的刚直

过望洪湖

拍着水花的歌子飘过来
……浪打着浪……
可惜，荷藕菱角没有飘过来
还有湖鱼没有飘过来
这船……有点快

湖水真的打湿了我的衣襟
闻得到腥腥的鱼鲜
想象着那段久远的传奇
不即不离不离不即
过望洪湖而不忘

站　台

一对姊妹的双颊
都让手指甲给涂红了
唯有花纹在裙子上明快地变化
明明是送人
却不敢向车窗张望

微大的鼻子上站着焦急的汗粒
她一定是当姐的
我寻不到她送的人
她总不敢向车里望来
便没有望见我在慢慢打量着她

节　奏

那把扇子打开，合上
合上复打开，刷——刷——
在给车上的人表演小品
连续的总也没完，却也让人不烦

单调的动作并不简单

站台上只等那段铃声

莫非送人听铃声是件难耐的事

那扇子开了又合，刷——刷——

以上诗作原载《多情旅途》吉林人民出版社 1994 年 10 月版

一九八〇的诗篇

山里的雨

云雾不吝惜自己的富有
把串串珍珠向大地撒播
泥土接应不暇了,阿
珍珠的沟,珍珠的坡,珍珠的河……

云雾满意地游走,让太阳出露
大地向太阳捧上珍珠万颗
太阳对珠串微微一笑,谢绝了
呵,东方飞起虹桥一座……

原载 1980 年 9 月 7 日《吉林日报》"长白山"副刊

山花醒来的小道（组诗四首）

它，一条扁担
一头担着山村
一头挑着校园

——题记

燃起了，小火苗

晨风中，袅袅炊烟，
伸出纤柔的长臂，
摘下那——
带露的启明星；
才要去山那边——
拾起……

（身边浮动着几点火红的……）
咦？已不必去拾那，
晚起的片片朝霞，
挂上天际，
这不正是！——
不！是一支支青春的火炬……

飞来了，小蜜蜂

高兴地吹起奇妙的口琴，
敏捷地潜入正绽的花心，
采呀，采呀，
为明天蓄积不尽的蜜；

花儿笑了，
暗暗输送着香甜、芳芬……
小蜜蜂，旋转着轻吟，
向着更绿更似锦的王国
飞临……

笑了，小报春

花丛间的泉露在渗，
一滴一滴，
悄悄把绿色的生命，
哺育……

像乳汁——
润绽了迎春花的笑脸，

春花感激的泪滴,
正在含笑的花瓣上
滚呢……

醒来了,小道的梦

……我谛听着
追赶知识的晨音;
看见一双银翅,飞腾,
从身边追赶新的世纪……
我正满载了诗、理想和梦,
航向光明之神瑰丽的怀中……

鲜果捧着晶露,
把小道惺忪的睡眼
洗清;
花瓣儿也伴着香粉,
轻拂在小道的胸襟;
"瞧,这流动的红云
——红领巾。

——这已不是梦了

不是梦……"

原载 1980 年第 3 期（9 月）《长白山》季刊（通化地区文联，封面要目头条）

孩子，她睡了

桌前，她枕着书本
安然地睡了
孩子啊，可是要用知识
驱赶梦境中的愚昧
让梦里充满了人类的智慧

想起我像她那样的年岁
出了臂上裹着单纯的红袖标
就是狂喊，恐怖把我伴随
我有些担心了
我的思绪会给他美丽的
梦，抹上一层暗灰

原载 1980 年第 12 期《长春》文学月刊（吉林省文学艺术界联合会）

春　雨

刷刷……刷刷……
柔和的绿色的情话——
大地姑娘，该准备嫁妆了，
嫁给春天，为了金秋的胖娃娃……

静静地等待，等待着，
潇潇雨声悄悄培育着甜美的萌芽，
抽不断的透明的丝线缝着幸福，
均匀的针脚密密麻麻……

雨后，平和的阳光把新衣熨平，
大地姑娘穿着绿绒绒的嫁衣，
喜洋洋迈出冬天的门槛，
神情潇洒——出嫁啦……

原载 1981 年 3 月 24 日《吉林日报》"长白山"副刊头题

山村的太阳（组诗四首）

晨

起伏的山峦
是醒来的大海

缕缕炊烟
轻盈的手指
启开一枚曙红色贝壳
托出一只辉煌灿烂的
珍珠

这山村瑰美的
心呵

午

山的摇篮里
小村这个孩童累了
太阳用爱抚的手掌
盖上淡金色的浴巾

而后,轻拍着安详

母鸡育后的低唱
树荫下鼾的浅哼
缓缓飘送的
催眠曲

夕

山,端着
翠盈盈的盘子
送给辛勤的山村人
一只金桔

露水和果汁
把颜色流溢出来
染艳了窗棂
滴香了厨房
灌满了每个小院落和
每一对厣窝

夜

太阳
沿着傍晚炊烟的桅杆
滑落
而升起帆

山村的小船
载起烟锅里闪动的夜话
和孩子们对星星的猜想
起锚，去捕捞
早晨

原载1983年第1期《新苑》季刊（吉林人民出版社）

叁

南火红色卷

长诗选《抗日歌魂》(诗集选2005年至2015年)

中山手杖
——中山手杖笺谱

《中山手杖》,刊载于《关东文学》二〇一二年第一期,作于二〇一一年五月十六日。

○
笔挺西装博士帽
硬头皮鞋掀王朝

红木手杖一个挺身
挑开了中国早晨的棉门帘子
中山先生开始了
中国式的跋涉与求索

一

有个想法仿佛按捺不住
拨个电话给中山先生

我知道
这个电话要通过那柄红木手杖
已经长成先生身边一棵常青树的手杖说
先生正在沉思,稍等

一个电话打进了民国
挂进漂泊的风云中
一头撞上了手杖
撞见风尘仆仆的先生

二

有如农历甲子年的扶病北上
火车还没有停稳
红木手杖替先生抢先一步亲吻月台
致意环拥聚来的民众

致歉于和替代于不能演讲的
是满面的笑容
无声的答复,却是有声的刚毅和有形的坚定
传单上的第一句,是
　"中华民国诸位主人先生——"

中山先生向大家称先生
称主人先生
红木手杖看得最真,记得最清

三

国门被砸开已久
闯进门来的都是些什么
强盗逻辑,铁蹄蛮横
守不住门闩的又是些什么

昏庸王朝，堕落残败
民，民不聊生，水深火热
国人，遁入苍茫，哀歌低吟
还有比死亡更深刻而不止的疼痛

人是大地上的尊贵
人的灵魂是大地上的最贵
失了火的天堂之下
失了血的大地之上
中山先生，中山先声
风云中山，是风云中的一座山
以人格聚汇盟友，以手杖指点江山
一座依稀可见的精神的脊梁
江山的风骨坚挺

一个个的浪头打过来
更看得清是盏掀不倒的航标灯
浪头再打过来
在闪动中腾跃，屹立在涌流之中
万千气韵应对万千气象
汇成万里追寻，为着千年大梦
暴政如虎，需要血刃济世，刮骨疗毒
用良心的锋锐鼓与呼，相对与针锋

四

山雨欲来风满楼的风圈

暴风骤雨乱云飞的世道

先生的手杖

幡然雷鸣般就地一蹾

用闪电的犁铧插进板结的土地

暴风雨像一队急行军

向这边急奔

大雷电,来得更凶猛些吧

暴风雨,来得再猛烈些吧

一只只勇敢的海燕

把沉重但却开始舒展的臂膀摇动啊摇动

呼唤生命,期待人们

抖落几个世纪的满身尘垢

不在风暴中壮烈,就在风暴中重生

轰轰烈烈地享受一次

享受一次崭新世纪的大雨滂沱,天水淋漓

一洗淤积的屈辱与憋闷

危哉啊,伟哉

壮哉啊,快哉

先生手执木杖

有如民族的松明火把

腾的点燃，扑的放光，呼的扩充

红木手杖挽在先生臂间

在低云中的暗夜里

熊熊不熄的精神之火

开始穿越时光隧道

骨子里的火从里向外地燃烧

骨子里的光从外向里地照耀

红光火把连接起遍野的星火干柴

蔓延成摧枯拉朽的风暴

五

咚，咚，咚

先生的手杖，是一百年前的鼓槌

点击着中国绷紧的大鼓面

响鼓不用重槌，先生以

步履有秩而节奏鲜明的手杖点击

举重若轻，抵及万钧

抑郁的鼓和激情的槌相遇

发出了红色的鼓音

国人以自己的生命作鼓面

革命在鼓中蛰伏之余、潜伏之后
以单音促成联排音，咚咚咚
以沉闷达成响脆音，咚咚咚
从一面鼓击打成威风鼓阵，咚咚咚，咚咚咚

一百年前革命的大鼓敲了起来
霹雳云天，铿锵万里

"到了革命的时候了，不革就没命了"
像久旱后的大雨不尽滂沱
革命成了必然的宿命
千年不变的民族面孔
急剧变化出新的表情
一锤子一击重拳，砸漏了清王朝的天庭
一口气一下子，端掉了封建帝制的老巢
轰然掀掉了两个千年，换了苍穹

一百年前革命的大鼓
越发咚咚山响

六

救国救民,不能再等
与黄兴等同志共商革命大义
先生要只争朝夕,尽快在中国实现共和宪政
真想拾级而上,以手杖化作登天的梯子
恨不能让手杖拔节,好叫芝麻快快开花

从《与妻书》里触摸革命汉子的深情
从《革命军》中撞见马前卒子的冲力
从喋血黄花岗上感知先声们的炙热心结
中山先生以手杖接连不断地叩首
坚定成咳血的印章
用《建国方略》的路标指出
人不仅活个躯壳,才更像个人

马蹄声碎,喇叭声咽
跃马之上的大总统说
我也是马不停蹄的卒子
既然驾驭着革命过了河
就不可回头地向前进,一直冲
中山杖
恰似催马之鞭,激越挥舞,唤雨呼风

七

革命向前进，革命正钱紧
中山先生为支撑革命力量，滋育革命成功
四面奔走，八方筹措
从檀香山到不列颠还到东瀛
一面是辛亥晚秋武昌城起义的烽烟冲腾
一面是先生在大洋对面的丹佛餐馆把盘子端稳

革命虽然不是请客吃饭
革命却也是关于饭碗和性命的争夺
是值得捧出如果掉下来就是碗口大的疤的脑袋
去赌一把天下的
一腔精神血
一碗灵魂肉

自由贵如金
清政府议定再加二十万两黄金悬赏缉拿的身价
不仅评价了中山先生行动的价值
更说明先生和先生们关于革命的积累和增值

八

民以食为天，师以民为天，民族民权民生
清庭驻英使馆在伦敦对先生的绑架发难
陈炯明对广州越秀楼的叛变围追
两次死里逃生，一生奉行革命
践行的就是天下为公

先生去后
只把几千本书和两句话，留给妻子宋庆龄
"革命尚未成功，同志仍须努力"
横批"革命者来"
都来，再来

天下为公，孔老先生在早就提出
天下为公，你孙先生舍生取义
鞠躬尽瘁，身体力行
光辉掩也不住，天下为公
一柱甘苦自珍的中山杖
一位甘苦自知的中山公

九

鞠躬尽瘁，天下为公
赤血角力，铁血华年，悲喜英雄
红木手杖最知道
先生怎样地大义为共和
"我为革命做大事，不是为个人做大官"
中山杖
既是中国的依杖，却又不是一己的权杖
民国首任大总统，把握大志向，践行诺言
袁世凯的谎言呓语
平添了先生继续革命的斗志
先生痛心疾首
在手杖接连不断地叩问中频频发出战书

革命的铁血艰辛
让先生不得已放弃对修筑铁路的倾心
搁下专事实业的眷顾
风起云涌的保路运动
让铁轨闪亮地觉悟
让一排排枕木
觉醒地扛起不可逆转的革命

中山杖
丈量东方大国，丈量大国人心
丈量共和的心路

十

中山先生和红木手杖
是两棵相伴的伙伴树
是顶起了革命、辅佐了共和的知心友朋
先生从有红木的地方来，手杖浸透了香山的气血
长成一棵至高的树，扩向一片至大的树荫
接存早上的阳光装进衣包
蓄存晚上的月色点化心神
革命的春天，生机万里，生机万顷

中山杖小憩时
成了一把椅子，长了些许叶子
让历史坐上去
歇个脚，喘口气，然后再赶路
也让未来坐上去，抹把汗，给点力
冷静地眺望前程

椅子立地生根
地气充足，根须繁盛

讲的全是绿色的话，民主的话

民主永远是人类的绿色

绿色的号角

十一

农历辛亥年的晚秋

刮起的是中国的春风

疾风知劲草，患难孕真情

中山杖和劲风草，同源同根

传递着国人最能懂的各种各样的

方言与亲情

那是崭新春天的星星细草

那是些远看无限近却朦胧的星星细草

是些野火烧不尽、春风吹又生的细草星星

辛亥年的晚秋

刮起了中国春风

经过了国家整体失散、整体走失的冬天

经过了在擦肩而过却不知的三岔口摸索的黑夜

中国仍在登山爬坡，先生仍是举旗的先声

把花朵们一批批地召回田间园圃

让那些受过委屈的生命，籽粒归根，衣锦还乡

细草星星，报告东方之春

十二

一百年后的晨风穿越时空,挥洒大地
一百个春天一起回春
一百个春天一块堆儿地衣锦还乡

拨个电话给中山先生
来自先生在《建国方略》里划定的北方东镇
来自先生当年瞩望的松嫩大平原的中心东镇
民族先声
犹若河滩原野上的星星细草
字字泛绿,句句回春,篇篇幽香
还在中山杖的节奏里
呼呼啦啦地铺展,扑扑棱棱地飞腾

○○

中山杖,中国杖,东方杖
矗立成一座一百年两百年的信号站塔
复兴的话语,永远畅通

拨个电话给中山先生
以先生常青树的名义,中山手杖说
先生正在喜悦,请稍等

井冈虹谱

——映山红开虹满天

题 记

由外圈至里圈呈现红橙黄绿蓝靛紫七色,叫彩虹;井冈山上的彩虹,是最为壮丽的彩虹。

《井冈虹谱》,为纪念参加二〇一五年九月十四日至二十一日吉林省政协委员井冈山培训,作于十月十六日至二十四日。

紫一环　井冈井

靛二环　井冈冈

蓝三环　井冈水

绿四环　井冈竹

黄五环　井冈草

橙六环　井冈花

红七环　井冈钞

紫一环　井冈井

井冈山的井
不指井而指人
井冈山的井是通过人而后有的水
通过人的相爱坚守传宗接代
而流淌出来了活水

井冈山是祖辈人居的风水宝地，乡里家宅
人居为宝，所以井冈山首要五件宝
大小上下中，五口井
五福井百寿井，千家井万代井
人是水，真正是子孙万代的长流水
长流水是福寿水，长流水是承传水
井冈井中的水是最宁静的深水
苦与甜涌漾在深底，收与放蓬勃在胸怀
井冈山的井
就这样井井宗续，烟火人间

古制里八家为一井，井字结构
代表了八个家几十口子人

中间的张口,是所向的人心
祖祖辈辈就敬重出了
祖上留下来的井和现在要传下去的井
井冈山的井
守望信仰最到根,践行追求最到底
井冈井是观天下、打天下之井
为了天下的苍生,为让苍生有天下
所以,井冈井井井有条井井有理
井冈井井井大志落落大方

四画八锋方方正正的井字
在井冈山
成为抬举翻身、推崇希望的八抬大轿
四人不够,六人还少,八人起轿
八字吉祥八方福祉的八抬大轿啊
把革命抬起来,举起来,扛起来
壮汉们用整个身心,用全家族的身家性命
把革命抬了起来,举了起来,扛了起来

井冈井的八抬大轿啊
其实是千人抬,万人抬
前方烽烟沃血地抬
前线慷慨捐躯地抬

不能够直接上手的妇女老人孩子
就用泪眼抬,用祈盼抬
在心上抬
像嫁新娘的母亲悲喜交集地抬
像好妈妈献了丈夫又献儿子地抬

井冈井
把胜利和成功
抬进了豁朗的怀仁堂
抬上了庄严的天安门城楼

靛二环　井冈冈

井冈山的冈
是用来挡风的,挡那阴风恶风妖风
是让坪坝山坳更加安稳祥和的冈
有风吹来,是当年的风捎信来了吗?
报道黄洋界上的胜利

罗霄山脉中段是更加巨大的山冈
虽是湘江赣江分水岭,更是挽起湖江两省臂膀
西面为始祖炎帝神农氏陵殿遮风挡雨
东面为井冈山的行动来助威做后盾
闯江湖,是从东往西从江西到湖南

从江到湖,是从动到静找寻安逸躲避风云
从湖到江,则是从冷静思索到出击行动
顺应历史规律,好钢使到了刀刃上
所以闯江湖大都没有能够形成大气候
只有当年从湘到赣从湖到江的红旗迎风
获得了插上井冈山红遍大中国的大成功

五百里群山,五百万器宇高昂的头颅
五百里群山,五百万气血方刚的生命
五百里井冈,五百里金刚,五百里起誓
五百座大山,五百座大仙,五百里起始
五百里井冈,赤帜漫卷赣韵湘音的上马石
五百里井冈,风卷残云老表倾情的奠基礼花
五百里林海翠竹辉映,岭坳坪坝壮志英名
五百里宣纸杜鹃泣血,峰岚瀑涧江山如画

五角星从哪里闪亮?
五星红旗从哪里飘来?
井冈山的星是五角星,红色启明星
军装上领口边,两面红旗在飘
军帽上额头前,一颗红星正亮
红星指引红旗飘,红旗所向胜利传
一根灯芯恨不能破成八瓣

八角楼的八角帽擎起八角形天窗外的星空
枪杆子命根子给人民壮了胆子
人民给敌人设下了十面埋伏的灭亡圈子
井冈的高不在海拔而在于首创境界
井冈山是英雄山英雄冈英雄井
所以上山是英雄,下山也是英雄
五大哨口口口鼓角相闻
良多岭坪坪坪平中见奇
枫树坪的五角红枫拂亮了五角红星
东临茨坪的五指峰以那巴掌拳头
报道了五次的反"围剿"

井冈山的冈
既是刚骨高个儿的严父
还是刚中兼柔的慈母
革命是父,历史是母
对着星光哼唱摇篮古曲
生养了些个不会忘记父母的好孩子
起的一个个名儿,叫现在叫明天或叫未来
哪怕孩儿不慎,心上走了神儿
也必定会是浪子回头金不换的好孩子
他们终会晓得
最可怕的,不在于成长,而在于遗忘

蓝三环　井冈水

井冈山的水
是点滴涓细的好奶水
看上去平平常常，但却是丰丰厚厚硬硬朗朗
滴滴是钙，滴滴补钙

龙江河，其实既是河更是江
是江之前身的来流河
更是江之奔向处的汇流海
是怀揣大江目标的河，拥有大海胸怀的江
岸畔傍依着的这座著名书院
龙江书院，倒过来读作院书江龙
满院儿书写的，都是过江之龙
满河源都在卧虎藏龙
猛龙过江啊，势必可当
所以聚居的岸畔就叫了龙市

虎踞龙盘的龙市没有中断龙事
从道光庚子年间的状元桥走来
进前天井入明道堂，过中天井入文星阁再到后天井

天来水与地上河，和着人心上的涌泉
历史的河水与文化的河水汇流奔泻鼓荡
属江的龙江河，以低调的性情取名叫了河
和缓地灌溉了大井冈
舒展地氤氲了大井冈

井冈水
水托船水推船水涨船
犹如风爱帆风养帆风扬帆
井冈水
也有过沉浮和沉思那些个特殊的涌荡
水拍船水问船，水掀船水翻船
水被诬陷，迫不得已才水漫了金山
掏洗尘沙，驱逐浊浪，泛起真理之金光

井冈山的水真是大呀
井冈山的水就是整个井冈山的山
有多少井冈的山就有多少井冈的水
山水相连，成全出一片波推波浪追浪的时代洪流
不可阻挡地冲决着
时而混入的小小逆流

绿四环　井冈竹

井冈山的竹
是井冈祖的井冈族
生长出世世代代的井冈足
井冈骨以金刚族铸筑成金刚柱

井冈是中心，十万化身，十万浮屠
革命的眼睛最明亮，革命的眼界最高远
帅帅的井冈竹，一个一个地跟住
一个个的卒，怀揣信仰的马前卒
高高的竹梢，成为一个个
跷脚瞭望的哨兵那双双锐利眼睛
竹钉阵，个个钉个个顶，步步钉步步顶
竹钉阵，盯住你盯死你，钉牢你来犯之敌
竹钉和竹箭，是一静一动的竹弟兄
编外红军，一个在埋伏，一个在飞行
竹顶针，十足的顶真，竹子的正义循环

从道光年间修来的上山小道
一直在被竹林卫护中

竹筐里的一石石粮食,还有一个个的好后生
掩映在竹身竹叶里,拴系在竹扁担的担当下
在风雨雷电季节里锤炼、成长和成熟
虽然经历了摇摇晃晃,但却实实在在地上了山冈
艰难地摇摇晃晃,才是历史摇篮本真的模样

用竹扁担挑粮上山的人,真是些挑大梁的人
竹扁担在肩头磨炼出的
是无尽的坚韧和高远的前程
改天换地感天动地,还是不知足不停步
真是些大山一样让人敬仰的人
个个都是高挺的井冈竹,高风亮节的钻天竹
井冈竹的一生中
也免不了伸七屈八,是非曲直
却还是成群结队,你呼我应,伸展腰肢
因为内心里,一直都坚信挺直刚正
活着就是要挺直站立,归终也要挺直站立
井冈竹要叫全称竹子
君子之竹,竹之君子

井冈竹内中的宽敞
是留做填装和盛放
井冈竹心中的满足
是出生在这大井冈

黄五环　井冈草

井冈山的兰
是最能拼得过疾风的劲草
井冈风是中国最猛烈最刚劲的风
井冈兰是中国最坚韧最强劲的草

都知道，没有风吹不开的东西
更晓得，没有草扛不住的风雨
世上就是拥有劲风推不倒的草
世上就是藏有劲草爱不尽的风
罡风拥抱瑞草，患难草不枯
瑞草安抚罡风，善行爱无阻
井冈兰和井冈风，是患难知真情的一对
井冈风和井冈兰，是天下典范的夫妻相濡

风用心灵的鸽子传递给草，每天书信一封
风对草说，如果哪一天，你收到了空白的信笺
就是你的风永远地去了远方
草对风说，如果是那样
我把空白的信笺写满你我的名字

让它们替我为你插上永动的翅膀

革命和历史,这是一对多好的患难夫妻呦

时光好像是漫不经心

历史却总是小心翼翼

林深的知遇,万里的寻芳

清奇的脱俗,芬芳的宁远

每一棵草都没有想过害怕

都没有想过不流泪,没有想过不会不失去亲人

井冈兰的语汇,总是像余晖一样的静悄悄

越经风雨越仿佛是静悄悄的井冈兰草

注定成为因精神而更名贵的不老草

橙六环　井冈花

井冈山的花

都叫一个红,那叫一个红

夜半三更呦盼天明

天明时分就会有花儿来陪同

寒冬腊月呦盼春风

春风爱抚得花儿呀更加红彤彤

盼到那和红军一道回来的
是岭上开遍的映山红，映山红
映得周山都红，染得满世界都红
烈火烤过的红，寒霜打过的红
热血染过的红，心血凝就的红
火映红星哟星更亮
井冈红是钢戳火印
送红军就是送上一朵又一朵的胜利红
十送红军就是十颂红军的红
十送红军就是十送胜利的红

闯开早霞不出门的旧历书
他们偏要走，泥泞也走，梅雨也不停步
他们是披着滴血的早霞出门的
枪林弹雨也要走，探路蹚雷也要去
这团火苗啊，不会被烽烟风雨挡住
这团朝霞啊，烽火连天，火烧连营
这些霞光里的人就是红，红得让人心疼
当年冬子妈就是把映山红
开成了通天的大火
冬子爸冬子妈们就用这通天的大火
烧化了整个旧世界
重生了一个新世界

映山红就成了映天红，满天红
革命鲜花哟映得满天都红，代代都红

学名为杜鹃花的映山红，古时候是杜鹃鸟
衔来了红米饭的红籽粒埋藏在了井冈山
吐出了红南瓜的红瓜秧安放在了井冈山
殷殷之红漫遍山野
两面红旗飘在领口
一颗红星映上额头

杜鹃花开映山红
云雾山岚陶醉中
映山红开在最红的地方，开在最爱红的地方
映山红漫漫开遍在最让人想念的地方

红七环　井冈钞

井冈山的钞
起先是井冈山诗钞
后来又是井冈山钞，人民币上的井冈山

水调歌头西江月，久有凌云志
减字木兰念奴娇，重上井冈山

还有朱德的咏兰，陈毅的龙岩
向来是诗词楹联珍存圣地的井冈山
名言标语革命歌谣红色歌曲，遍野漫山
以诗的想象创新开创
以诗的浪漫透视未来
诗言志，发现井冈的人是诗人
史为镜，上井冈的人都是诗人

井冈山是诗的名字
山为笔水为墨，骨为笔血为墨，富有想象力
哼井冈调，唱井冈歌
鼓井冈号，吐井冈诗
赤帜漫卷，翠竹辉映
杜鹃泣血，壮志英名
井冈岚，在诗意的气场间
把井冈的天皴得碧蓝
山水清音，氤氲蒸升，荡气回肠

五指峰是井冈山诗的第一行
天造地设的井冈山精神骨架
山就是人，五指峰就是五弟兄
五弟兄右手握拳的五根硬指头
不服输不屈服不动摇，不信不成功

大拇骨和着四指骨攥出五个不字
每个字都嘎嘎作响,每个骨节都拱鼓坚挺

井冈山五指峰
在茨坪西南由东南向西北伸延绵亘
以人民的尊严和价值大步堂堂
锦衣还乡地步上共和国人民币的高堂大座
莽莽苍苍的井冈山五指峰
成为人民币最高面值的表征
成为一九九〇年版背面图景标准的蓝绿色
井冈山想的是人民,为的是人民
所以大井冈而后把人民币上的位置
让给了首都的人民大会堂

井冈钞在说
人心不会变质,精神不会贬值
井冈山精神是永远的金子
井冈山精神是永远不倒的硬通货

红军陈酿
——赤水的精神接力

题 记

为纪念参加二〇一七年十月下旬
中国民主促进会进吉林省委员会举办的
遵义精神干部进修班学习所作

一

太阳初醒时还枕在云彩上
用梦中朝圣的红润滴红了曙色霞光
抽丝出的情眷这一脉赤水
在世代生息里热烈地流淌

赤水就是赤水
不是河或者江所能具有的脉样
涨了红色的潮,垫了红军的高
云贵风骨和川黔血液功垂华章

二

赤水稳健地洞穿了历史地理
赤水虔诚地润透了红军衷肠
红军的历史让赤水叫得更响
红军的当年使赤水更加缅想

所以赤水,更亲的赤水
一脉赤水天下之大、古今之长
赤色的接力,生命绵延
红军的接力,春色荡漾

三

一手托寒婆岭，一手擎马鞍山
赤水负重奔行流淌
沿途点亮温暖人心的万家灯火
民居酒舍酿坊依山阶梯，拾级向上

因长满马桑树而称马桑湾
因涌流清泉而谓四方井
因祭祀茅草台而成的茅台聚镇
成为赤水奔忙中喘口气儿的芳香地方

四

赤水串起了星斗
赤水湿润着时光
茅台精神是红军的陈酿
红军密码是茅台的陈酿

红军的精神是陈香的酒
是用来品的，越陈越香
茅台的密码是窖藏的耐心
是用来考验的，耐品耐享

五

那是些播火者和传火人
把最早的火舌点燃于口腔和灶膛
庄严的酒神,优雅的火焰
最是液态之火,滚烫犹如岩浆

一滴滚烫烧破幽暗的世界
一点火星映亮一小片天堂
纵然焚身以火
也尝试把无尽的黑暗照亮

六

成就为一柱火炬
炽焰被传递成薪火明亮
狂飙液态,狂飙般撞击暗夜
狂飙为我从天落,狂飙助我上战场

仿佛的平白无故
把滚烫火辣潜藏
似乎的平白无奇
把壮怀激烈储藏

七

红军遗产的滚烫酱香
国家血统的精神陈酿
儒将宿将、闯将猛将的将士崇拜
芳香沉香、馨香幽香的酱香敬仰

吐露英雄豪杰气一脉
呼纳祖先歃盟血一腔
红军陈酿，国家酱香
红色传酿，家国陈香

八

仰望遵义城头的烽火
凝闻娄山关上的炮响
沐浴红军红星的照耀
醉卧茅台热力的安详

把红鬃烈马般的追求
烙印上幽深沁香
将火山熔岩样的品格
铭刻上沉稳凝香

九

红缨子酱红糯高粱

颗粒饱满小红粱

禁得住茅草和苔藓的清贫考验

对得起茅草和苔藓的青葱培养

采曲于端午

下沙在重阳

用鲜花洗过的脚力

少女踩揉出的是祖先的创想

十

九月九酿新酒

九重九喜福旺

九九加一九获得真佳酿

久久慢功夫捧出好酱香

微生物驻群,有机物堆垒

水文大境界,气候小天堂

九次蒸煮,八次摊晾,七次取酒

赤水与时间相爱呈祥,深爱荡漾

十一

一半是热血,一半是浓酒
液态的火,血一样的烫
一滴一滴淌出来的
是历史陈化的一脉英杰水长

饱经暖烘熏蒸的赤水
不忘初心,火在水中旺
深谙从容窖藏的赤水
颐养初心,水在火中淌

十二

红军以四渡的赤水
赢得了铁一样的刚强
红军用茅台的赤水
获得了火一样的疗伤

清洗的伤口,像流淌过烈火
让红军重放红光
慰藉的酒滴,是安魂的祭礼
让红军忍住泪滴,冲上战场

十三

红军将士的体内滚动惊雷
红军将士的心上旌旗在望
死而复生的是古老的追求
万物回归的是神圣的信仰

茅台酱香,助力了红军
红军的行军和进军蒸蒸日上
红军蹚过如酒的赤水就更红了
红军的走向成为节节胜利的走向

十四

茅塞顿开名列前茅之茅
平地楼台大摆擂台之台
一炉红火装在心中
一轮太阳壮哉胸膛

红军把这赤水的赤诚劲儿
带到了雪山草地,宝塔山上
红军把这赤水的倔强劲儿
带上了抗日前线,东方战场

十五

赤水的正义成就了茅台的正义
茅台的荣光辉映了赤水的荣光
渗透为红军骨子里的意气风发
和血脉中的永久滚烫

后辈所说的酒水一家
是一种蒙蔽,是一种伪装
溶于水之后便是凝练于水,大别于水
酒转身为火,成为水火相融的榜样

十六

赤水与松水
都是红军蹚过的河床
长白山的红军
是被红松之水红过的路向

心有灯火,托梦飞翔
金子样的水,百炼成钢
对国土的眷恋,松水串起了北斗
对红色的追寻,赤水湿润着时光

十七

赤水是编年史
赤水是纪念碑
天香馥郁的大智大勇
洗尽铅华的大波大浪

红军是一支陈酿的队伍
红军密码是茅台般的陈酿
红军是一批陈酿的曲子
红军精神是永不弥散的陈香

十八

赤水以久远的回味流传
赤水以永恒的血色缅想
形成红军的接力,那是赤水的接力
形成精神的绵延,那是春光的加长

红军遗产的滚烫酱香
国家血统的精神陈酿
红军陈酿,国家酱香
无限热爱,热爱这国色天香

抗日歌魂（节选）
——写给所有人的捍卫英雄书

题　记

英雄需要仰视，
仰视英雄，不是我们低微了，
而是我们的境界更高了。

诗传单

正义是正义者的通行证；
侵略是侵略者的墓志铭！

　　《抗日歌魂——写给所有人的捍卫英雄书》，节选自延边教育出版社二〇一五年十二月第一版《抗日歌魂》《抗日顶针》单行套本。二〇〇九年四月二十三日起笔三首，七月七日前夕定稿，二〇一五年二月二十六日（农历乙未年正月初八日）补定六首。

幕　次

序　歌　烽火，烽火

　　　　烽火：第一滴血，
　　　　总题记　血债（略），一　狼烟；

第一幕　觉醒，觉醒

　　　　觉醒：一片羽毛，
　　　　二　鼓点（略），三　流亡（略），四　老家，五　宝塔；

第二幕　抵抗，抵抗

　　　　抵抗：一面旗，
　　　　六　抵抗（略），七　钻天杨，八　大刀（略），九　大拇指，
　　　　十　铁血，　十一　子弹，十二　壶口（略）；

第三幕　坚持，坚持

　　　　坚持：一棵树，
　　　　十三　大脚，　十四　石头（略），十五　白桦，十六　篝火（略），
　　　　十七　骨朵儿，十八　抗大（略），　十九　雏鹰（略）；

第四幕　铁流，铁流

　　　　铁流：一团火，
　　　　二十　锋脊（略），　二十一　奔袭（略），　二十二　埋伏（略），
　　　　二十三　反攻（略），二十四　收网，　二十五　落日（略）；

尾　声　歌谣，歌谣

　　　　歌谣：那一滴血，
　　　　二十六　交还，二十七　后生，

附记一　血旗

附记二　白菜

序　歌　烽火，烽火

烽火：第一滴血

一滴血，第一滴血，那滴血一直向这边瞩望
八十来年，是整个的爷爷的年龄
我们这些未来的爷爷
顺着爷爷回转身去的眼神看去
那是一座碑，上面浸着
三千五百万中国人的血
中国人从血泊里站起、挺立，走过来
整个中华人民共和国从血的锋刃上开始走来

　　总题记　血　债（略）

一 狼　烟

狼烟传递狼烟

烽火点燃烽火

剪影叠印剪影

宛如长城烽火台的绵延

汇聚出一句危难的旗语

国破家亡，祸在眉梢

血舞的旗子

覆盖在北中国死难同胞的身上

弟兄们死不瞑目，死不瞑目啊

哀愁的旗子，撑起个跟跟跄跄

血舞的旗子，伤时以拭血，死后裹身躯

魂灵搀扶魂灵，站起来，挺立起来

旗子就呼啦啦地飘了起来，旗正飘飘哟

红了半边天

起了火烧云

晚霞行千里，明天会放晴

疾风拂抚猎猎旗角

劲草涌动热血狂飙

狼烟指路

马啸出征

一支最早鼓荡抗日救亡狼烟的战歌

音符迭着音符

节奏抢着节奏

铺展出,铺展出整幅的中国大地

第一幕　觉醒　觉醒

觉醒：一片羽毛

一片羽毛，一片滴血的羽毛挺身飞来
一封十万火急的鸡毛信
九曲八弯地飞来，忍着满身伤痕
烽火连襟秋风，家书抵过万金
在滴血的鸡毛信里抖出来
雄鸡形的大版图上啊
没有了能够睡得安稳的觉
并且，充满了噩梦

二　鼓　点（略）

三　流　亡（略）

四　老　家

老家是姥姥的家
老家是奶奶的家
老家是我们的家
我们的老家老大啦

我们的老家，老好啦

那里有最美的山水花朵
老家说，它们已遭践踏
那里有最好的物产宝藏
老家说，它们已遭劫难
那里有最亲的同胞家人
老家说，他们已成了亡国奴
自打日本鬼子踏上中国
我们就没有了老家
就没有了好日子过

老家失火了
老家失身了
老家先声痛哭了
老家望眼欲穿，望眼欲穿哪

有老家多好
那老家多好
我们都是老家的孩子
东北的每一捧黑土是我们的
华北的每一颗庄稼是我们的
打回老家去！打回老家去！

斩钉截铁，同仇敌忾
操起刀枪，奔向战场，我们夺回老家
山呼海应，地动山摇

最后一粒粮，充军粮
最后一尺布，做军装
最后一个儿，上战场
誓死夺回我们的老家
让鬼子还回我们的老家
让鬼子滚回自己的老家，滚回老窝去

但是，日本鬼子
因为你们的作恶作孽
你们的老家已经改变了路径
你们回家的路，再也不像来时那么熟了
你们回家的时候很快，就在我们擦去眼泪的时候
你们回家的路途很短，眼前就要到了尽头
你们的老家很明确，你们行将就地灭亡
你们的老家很清楚，你们的老家是坟墓

东洋鬼子
你们也不用回东洋老家了
你们也回不去东洋老家了

你们的老家也注定是改变了方向啦
由向东改为向西，上西天
你们都将上西天
一个不留，一个也不能留
一个也不能留，一个也不能少，送尔一齐上西天
上
西天

五　宝　塔

延安宝塔忠厚地站在宝塔山上
守望看护住这块忠良的大田
大田里茁长着
这些个胖胖饱饱的小米儿

小米儿是香喷喷的奶水
小米儿是油汪汪的米脂
养育了米脂好婆姨和绥德壮汉子
这些出了名的生养好婆姨好家汉的男男女女
还养大了红军
养育了红色政权，养活了红色天下
经过了二万五千里长征的红军
因着小米儿而出了千里万里打鬼子的大名儿

中国第一个抗日根据地延安
是一位心里最有底的母亲
一面紧紧盯住日寇的凶残
一面冷静地做着自己的事情
她说，我们有人，还怕什么
抗日根据地星火燎原
地像一个个争气的儿子
让母亲满意地看到了长大

古代以丰腴为美，时下以骨感为美
那时的女子以杀鬼子为美
嫁给抗日英雄的女子都是那时的美女
给抗日英雄生儿育女的女子是最好的女人
送郎上战场的婆姨都是天下最好的婆姨
她们种下了天底下最好的小米儿
她们为天底下最好的小米儿争了气
争了气的小米儿
为天底下最有名的宝塔增了光

四万万粒小米
结成浩荡的围屏，坚固的战线
宝塔是小米儿们
顶天立地，肩肩相并垒起来的
金字塔

小米儿就是最微型的宝塔
小米儿更是最延安造的子弹
八路军把源源不断的小米儿放入枪膛，压成连发
打鬼子，打天下
小米儿奋勇冲杀
生怕打少了，玷污了自己的身份
毁了宝塔山的名节
小米儿和步枪是对儿亲兄弟
小米儿加步枪
成就了春光不朽的中国传奇

抗日首府，天下威名
宝塔延安，天下美名
那一眼眼高原上的灯光窑洞
是一只只眺望到鬼子末日的望远镜
让小米儿加步枪打得日寇更准更远

宝塔山的春光辉耀百年
照耀千万程

第二幕　觉醒，觉醒

抵抗：一面旗

一面旗，被一滴滴血洇开，但更加倔强地飘扬
三千五百万中国人的血汇流和冲决
从百姓到战士，都是英雄不死
血债终要血偿，长生不老的生命，就活在
鲜红旗帜飘动的褶皱间，深红的微笑里
他们侧身隐没在历史的缝隙中
鲜红地镌刻着：国家兴亡，匹夫有责
并且，时刻让风儿吹成醒目

六　抵　抗（略）

七　钻天杨

长白山余脉上发掘出一块磐石地带
冒出一支工农红军南满游击队
首领叫杨靖宇，杨
钻天杨
几个胜仗下来，钻天杨所向披靡
令鬼子心颤
怕的是密林里头拉响大栓

东北抗日联军，打响了第二次世界大战
东方战线反法西斯蒂的第一枪
大雪窝子里跳出一马子奇兵
杨树后面射出一呼噜响箭
响箭里头，像藏了大冰溜子，令日本鬼子胆寒
让他们从头顶凉到脚后跟

矬巴子日本对大块头中国
天生怀有醋意敌意歹意
早就垂涎三尺，湮没了日本海
小个子鬼子对高个子杨将军

天生生有胆怯退却和打怵

他们仰赖杨将军之鼻息

深为自愧畏缩和罪恶

一米九二的大高个儿像片阴云

压在小鬼子心头,让他们吃不下睡不安

虎背熊腰、双手使枪的第一路军总司令

还腾出手来写行军歌曲,埋下又一片杨树的种子

给盒子炮握出了汗珠子的大手

也攥出了歌声的子弹

打鬼子打鬼子还是打鬼子

那些杨树叶片就永不停歇地击掌啊

那是杨树们

让鬼子永远也搞不懂的悄悄话

源远流长地补充着将军队伍的弹药

后来挨了杨树后面的冷枪

将军知道,这不关杨树的事儿

将军霍地挺立成一棵高高的钻天杨

高得给长天钻出了一个大窟窿,让小鬼子感到

贼啦啦刺眼地亮

轰隆隆骇人地响

弹尽粮绝与鬼子决一死战的那会儿
将军的肚子里没有一粒粮食了
却有那些萦绕着的歌的精神
让充饥的草根、树皮还有棉絮变得不朽了
那些当过干粮的杨树籽儿、杨树絮啊
就化作了将军血脉里的营养而不朽啦

我血我土大将军
大将军在一个个的四季里
扎下了海枯石烂的英名，钻天
杨
钻天杨的个子呀，那是真高哇
高得永远都让人敬仰，让子孙万代
敬
仰

八　大　刀（略）

九　大拇指

大拇指和食指霍地一亮开
大家都认得，八路军来了
大拇指和食指哗地一并拢
不是扣动扳机就是拉响手雷

要不就是握笔写下战况
大拇指与食指的亲缘
最能诠释八路军和老百姓的鱼水亲情

铁流两万五千里，长风两万五千场
百折不挠，百炼成钢
太行山飞狐陉漂亮的一票
壮了民族的腰杆子
伏击日军精锐坂垣师团
击退十多次反扑突围攻势
坂垣这顿大败仗吃得呀，像苦菜团子
没想到一根大大的鱼骨头
太行山卡住了喉咙，吞咽难受
十里大峡口
摆开平型关大捷的长蛇阵
长蛇劲舞，举国雀跃
中国竖起了林立的大拇指

大拇指和食指张开个直角
天生就是准星和枪口
天生就是左轮手枪，天生是盒子响炮
把枪口向上扬起来
就是八路军的代码和暗号

更是胜利的代码和标志
游击典范，八仙过海
大拇指和食指，上苍安排的"八"和"V"
十面埋伏，八面威风

公木，八字在头顶，八字用头顶
延安的一棵绿树
浓荫成一片吉林
文坛老八路，诗坛一劲松

铁流滚滚，铁流滚烫
民族的希望像铁流一样不断涌流
太阳滚滚，太阳滚烫
自由的旗帜如太阳一般持久高扬
向前向前向前，向太阳的队伍善战顽强
向前向前向前，向太阳的铁流势不可挡

八路就是八路
八路的八字儿
从开初批的就是好运程
八路军是人
也是神
是老大

所以,总是成为翘翘的大拇哥

十　铁　血

风和雨
是奔向胜利的崎岖道路
曲折征途
是相持取胜的风和雨

水淋淋的太阳披在身上
千里转战,转战千里,雨水
真不愿淋到革命新军的身上,真不愿
雨水就不顾疲倦地顺着蓑衣斗笠
爬下来
悄悄回归泥土,报告泥土
说,咱的队伍来过了

雨水
尽量地抱紧
经过光线时吸收的那点热温
还有历尽周折裹挟来的那点儿盐分
尽量地
浸入亲人的肌肤,壮壮亲人的力
融进血脉,暖暖亲人的心

铁塑造了血
血淬火了铁
铁让血更坚更红
血让铁更韧更硬

铁军真如铁
关山度若飞
血壮铁势，铁壮血胆
铁军以铁血铸就了红霞

水淋淋的太阳披在身上
热腾腾的太阳揣在心中
忍辱负重，忍辱负重，是
一挺又一挺的叶将军

绵延的队伍
成为印在大地上的马蹄铁
成为立于崇山峻岭间的马蹄磁铁
吸引力天大地大啊
征服力天大地大

用脚下的铁鞋，咬住这大天大地
用身上的铁血，打下这大天大地

十一　子　弹

远望一派金黄

近看绿得油亮

天地接壤的青纱帐

是从地里头长出来的香喷喷的天堂

天地接壤的青纱帐啊

叶片上的叶脉，指示出子弹飞行的流线

叶片的后头，就是一个枪口

枪口的后面，还有一位神枪手

弹无虚发，弹无虚发，弹弹

无虚发

准星在心头，扳机也在心头

鬼子别想跑出神枪手的靶心

无论山高水远，无论风来雨去

子弹

九曲八弯也专业地找得到要去的地方

把鬼子造的子弹还给鬼子

让鬼子搁下性命，去他该去的地方

种粮运粮的农家好手
成为推弹上膛的神枪手
刚刚扬场装完一袋袋粮食
又用一排排子弹再去收割
收割小鬼子的狗命

游击队员们生长在这里
每一寸土地都是自己的
他们最熟悉
闭着眼睛都游刃有余
他们是青纱帐里飞大的鸟
他们是芦苇荡里游大的鱼

每一株庄稼都像一位战士在警惕
每一个果实都像一只眼睛在瞄准
每一颗籽粒都像一枚子弹在等待
神枪手一声令下
拼到底，拼到底，拼杀到底
神出鬼没，神出鬼没，神一出
鬼就没

青纱帐
天生是打游击的好兄弟
子弹群
自然是游击队派出去最好的飞行军

十二　壶　口（略）

第三幕　坚持，坚持

坚持：一棵树

一棵树，一排排消息树挺立在中国的血泊中
连绵成不想死更不怕死的山脉，血泊中的中国
铸就忍辱负重的生命之林，挽手成铜墙铁壁
没有人能够置之度外，能够毫无干系而逃脱
这棵树的年轮里有我们的爷爷，父亲的爷爷
咬住牙，锁住关，哪怕牙根涌出血来
狭路相逢做勇者，怯懦和放弃只会更惨
坚守是唯一的选择，坚守是永恒的选择

十三　大　脚

大脚嫂有天底下最大的脚
大脚嫂是天底下最好的嫂

大脚嫂的大脚
捡回了多少条
饿昏在大雪地里的战士的命
天生大脚的大嫂
暖回了多少个
战士们就要冻掉的手指头和脚趾头

恨不能
恨不能一下子成为天神附体的大萨满哪
把腰铃摇响成一阵阵的响雷
让神明保佑咱队伍
找到温暖的路

大脚说，不能还让咱队伍上
天当房，地当炕
野菜树皮当干粮
都把人给冻碎了

也把咱的心给冻碎啦

爷们儿们都在拿命跟鬼子死磕
爷们儿可都是咱关东嘎嘎好的种儿
关东的种儿就该是旺旺的火种
长白山绵延,松花江不复,斗争的日子还长着呢
抗日联军的下一代,一代代
还会跟鬼子接着整,没完地死整死磕

大脚趾是钉子,大脚掌像锤子
血气方刚,血红雪白
咱要把留下来的孩子
生养成一个个的抗日的种儿
把他们快快奶大,奶成又一拨壮汉爷们儿
站起来是个人,站得住是个好人,站得稳是个大男人

队伍上最认得大脚嫂的大脚印儿
大脚儿和大雪地儿
说着它们自个儿才懂的话
大雪地儿紧跟着抚平了大脚窝儿,不让鬼子跟上
就是要让鬼子走抹搭山
进那个老天爷摆好了的干饭盆
好让他们去碰上那些个熊夹,狼夹,豹子套

大雪地儿啊，在用更大的脚
湮没鬼子，埋葬鬼子
这是中国的天命，更是日本的宿命

大脚儿是抗日联军的好后方
大脚儿到哪里，哪里就是大后方
大脚印是整个山林的好天相
大脚印是抗日联军的吉天相

大脚嫂有天底下最大的脚
大脚嫂是天底下最好的嫂
抗日联军的英雄们梦到
大脚嫂那噗噗的大脚儿
踩得小鬼子嗷嗷叫

十四　石　头（略）

十五　白　桦

杨靖宇们最知道
桦树的眼睛最明亮
白桦树们最荣耀
它们做了抗日联军这些年的瞭望哨
白桦树上的眼神

鬼子永远也看不懂，也别想猜得到

队伍上转战四季，年复一年
也该有个避风落脚的窝子了
桦树们走到了一起
就成了这林海雪原的掩体，遮遮风寒的木屋

好想，好想把疲惫的将军们请进来歇歇
放心吧，白桦族的眼睛黑里白里都醒着
阳光下，树皮上的光滑
肯定耀瞎鬼子的眼睛
夜黑儿了，身上的白色和茫茫大雪浑然一体
一准儿累折鬼子的腿
最不济了
为难的时候，也能挡住鬼子的子弹

白桦树们走到了一起
就成了这乡里乡亲的木屋
抗日联军歇脚喘息的殿堂
东北老乡，老香啦
东北百姓，高兴啦
进屋上炕抽烟烤火
扔下狗皮帽子乌拉鞋

放松一会儿,停下片刻
大蒜串子辣椒干儿,暖心
大锅酸菜猪肉粉条子,猛造

热气腾腾的情分
红红火火的等待

打鬼子实在是没空儿
就连空落落的肚子里
装的都是打鬼子打鬼子
只有写在桦树上"抗日"的字迹
在一年年地长大
证明着队伍上
还曾有过丁点儿歇息的空当儿

白桦树身上的字儿在长大
马架木屋每个季节都在翘首等待
白桦树的眼睛
打那以后连眨都不忍眨了
生怕队伍离开了咱的视线
就再也不回来了

密林处处的白桦

就跟随队伍当了哨兵

当了随军的简易木屋马架

大雪用一样的白色厚厚地涌来

挡住鬼子的视线

配合着白桦们堆出暖和又安全的

抗日联军的家

十六　篝　火（略）

十七　骨朵儿

直到五月，应该开花的五月

大片的中国，春天还没来，春天来得迟

春天一直都在每个人的心里深埋着，保护着

天气不好，别让春天出来遭罪

老少爷们儿都上了战场

老少爷们儿都成了一批批的志士

老少爷们儿都永远地挂了花，挂上了永远的花

老少爷们儿都成了

春天的泥土

以血报国，以血还家

给咱祖上争了脸，给咱村上争了光

姑娘媳妇站在山冈，沐着倒春寒而不觉
孤儿寡母立在村口，祈望季节里的报答

五月了
春天被绑缚，春天被屈辱，春天被踩躏，春天被剥夺

春天不敢露脸，鲜花不愿开
花儿不愿开，花儿不想开，花儿不忍开
愤懑啊，愤懑
让所有的花儿向广袤的大地鞠躬
所有的花儿
就都只是不忍开的骨朵儿
花骨朵儿
以凝固的脚步停在了春天的门槛儿上

千千万万的花骨朵儿亭亭而立
站立成一片片举起的拳头
大地举起一片无声的拳头
一望无际的拳头

五月春没来，五月花难开
阳光还在被乌云遮盖
花骨朵儿说，快了，倔强的鲜花总是要开的

还要竞相地开

到那时，我们就是真的花儿身了
到那时，五月的鲜花开遍原野，开遍原野
鲜花纷纷掩盖上志士的鲜血
那会是铺天盖地的芬芳，一望无际的芬芳

十八　抗　大（略）

十九　雏　鹰（略）

第四幕　铁流，铁流

铁流：一团火

一团火，一团以血为燃料的火焰
烈焰中的中国，中国的烈焰把丝丝缕缕都记得清
记忆浇不灭，拖不垮，烧不烂
别想用什么利益诱惑掉它，用什么时光麻醉掉它
像母亲用胸膛挡住刀枪一样，胸膛挡刀枪
像父亲用脊梁扛起太阳一样，脊梁扛太阳
心中有抗日，比眼中的抗日作战更重要
秋水长天吹不老，地老天荒冻不住

二十　锋　脊（略）

二十一　奔　袭（略）

二十二　埋　伏（略）

二十三　反　攻（略）

二十四　收　网

打仗亲兄弟，上阵父子兵
放心亲爹娘，俺是好儿郎
千里万里一根绳，贴心拧成麻花劲儿
不信打不赢

心是热的，血是烫的，哈出的气都是一团火
小鬼子膏药旗上的大窟窿，被越戳越大，越戳越烂
日本鬼子，是一场噩梦
一直埋藏在中国人心头
除梦之战，驱恶之战，也一直在心头

游击队，武工队，飞虎队，雁翎队，自卫队
都是中国队

麻雀战，运动战，破袭战，游击战，消耗战
都是持久战
处处是抗日战地，人民战争是大海汪洋
处处是抗日沙场，人民战争是海量海量

无论是阵前，还是在敌后
蜡炬不灭泪不干，春蚕不死织不完
编筐收篓，重在收口
编织收网，有始有终
大网在拉起，网眼在变小，网纲在收拢
要收网，要算账，收大网，算总账
渔人全力拉紧，向上
鱼儿助战托起，向上
大网收起喽
鬼子拥挤、窒息，想逃也喘不过气来
再也没有蹦跶的机会了，只有仓皇的末日

过去说，小鬼子
别看你现在闹得欢，小心秋后拉清单
现在，秋后到了，日后来了
小鬼子，你们还有日后吗
你们的日后是身败名裂，自取灭亡
你们的日后是被诅咒被唾弃

你们的武士道,是强盗的黑道
武士道也就黑成了吾死道,死命道,送命道

中国大地是祖宗的大手掌
千山万壑是那五指联峰,峰连峰
鬼子来者不善,管你心怀险恶
来者不善的鬼子
永远都别想逃出如来佛爷的手掌心

五指收拢啊
五指收拢就是包鬼子的饺子
五指收拢就是把鬼子的命碾成泥
五指收拢就是把鬼子绞成粪土祭大地
五指收拢,全都是咔吧咔吧的脆响
咔,咔咔,咔咔咔,咔咔咔咔
咔

中国是海
中国更是网
海有多大网就有多大
网要多大就能够多大

二十五 落 日(略)

尾　声　歌谣，歌谣

歌谣：那一滴血

一滴血，第一滴血，那滴血一直向这边瞩望
八十多年，一百年，恰是整个的爷爷的年龄
一座碑以年龄和年代在刻写：忘记过去意味着
背叛。背叛是什么？是做了对手的潜伏
那将无颜面对管我们叫爷爷的未来
那些淌着血的歌谣，那血干了都不忘
并且一直未忘，未亡，因为一直不干，不甘
那滴血还将证实：不会白流！血债等待血偿

二十六　交　还

举起手来！举起手来
交出春天！交出春天
归还！归还
那是我们的春天，中国的春天
归还！归还
把春天还回来，还给我们
我们要我们的春天

憋了那么久的春天一下子归来
憋了那么久的草儿猛地拱出土来
憋了那么久的花朵腾地
霍然开放

举起手来，交出我们的春天，交还
举起手来，那是我们的春天，交还
被你们蹂躏的春天，尽管
它已不成了样子，可那
也是我们的，是我们可爱的春天
是我们爱的春
是我们爱的天

以血还血，以牙还牙
以命抵命，以死还命
你们的死是中国的活
你们的冬天才是中国的春天
中国自古都是好春天，明媚春光爱无边

自打鬼子那罪恶的脚丫子踏上来
这大片土地就进入了冬天
封冻的土地迅速传染
冷冻连着冷冻，冷冻叠加着冷冻

冷冻的土地却封冻不了热心
呼啦啦的心，蹦跳跳的心
扑通通弹动得吓人的心
越跳越猛越跳越大的心脏
大地上面裹着白雪的红心，心房
铭记着你们的欠账
那是强抢豪夺的肮脏老账

大大地以血来还
多多地拿命来换
要不，你们是交不了账的，结不了账

父债子还子子还，爷债孙还孙孙还
让你们祖祖辈辈都要还
让你们世代也还不清，还也还不清
还也不清

二十七　后　生

为雪国耻身先去
重整河山待后生
长空里的声音
久久萦绕回荡，不即不离

后生看历史，像朱自清父亲的那个背影
与朱先生不同的是
新世纪的后生看到的背影并没有那么自清
已经作为历史的父亲们的背影
更有爷爷们的背影
成为新的后生们历史里的历史
屹立在时光深处
被隐没在历史深处，让人顾不上过问
尽管他们并不图后生什么

那些背影上隐隐约约的话语
变得很是沙哑

历史是一条滔滔不绝的河流
后生是继往开来的一段流动
历史是一阵电闪雷鸣的雨夜
后生是清爽醒来的一个早晨

历史是烧也不尽的野火
后生是吹而又生的春风
历史是千辛万苦的宝塔
后生是增辉添彩的镀光

后生是后方,是后盾,是后援,更是后劲儿
后生可畏,后生有为,源远流长
后生用火烤胸前的暖感知春天后背曾经的寒
后生们春天的来路芬芳而且顺路

蚕宝宝知道,啃食桑叶也枕在桑叶
又摇荡在桑叶里
桑叶是父亲们的背影
背影有时就隐没在后生们的身下

河山多好都是留给后生的
江山多娇都是传给后生之后生的

前生的父辈和后生的来辈
虽然浩浩远远未曾谋面
但却心心一统，血血一融
没有不相干，只有不甘心

两脚奔行的后生
必有一足踏着河山的前生

不能让岁月里的热血风干锈蚀
绝不可以，让岁月里的热血风干锈蚀
漫漫飘动的旗子，绝不可以褶皱上再重叠褶皱
在旗子漫漫飘动的褶皱里啊
那是些暗红色的背影，坚守的背影，守望的背影
那是一个个回转过身来的期待的眼神
期待的
眼神

附记一

血　旗

我以那瓶总也忏悔不尽的葡萄红酒的名义控诉日本鬼子耻辱的红侮辱的酒屈辱的血酒,我把肠子都悔青了几回血痂脱落烙印还在疮口仍存,我愧对了心血凝结的葡萄热血浇灌的酿造,我目睹了日本恶魔向井和野田的凶残在紫金山下展开屠杀残杀绞杀中国人的比赛,兽性狂做嗜血噬血,却拿我来充当赌注,充当恶魔戕害祸害糟害我同胞的赌注!伴随那狰狞的狂笑我给逼进了恶魔腹中凝成血痂生成铁锈沉淀出金属坠断恶魔的胃肠,还原为粒粒葡萄子弹滴滴火焰汁液,与鬼子同归于尽粉身碎骨我这瓶葡萄红酒分明是怒火熊熊的液态火焰,只是我呀相信了等待,才做出了迟到的喷涌和俯冲!终于到这天我的梦应了验,我以壮行血酒的身份,狠命地摔碎酒碗杀鬼子打头阵,日本恶魔以血还酒以命祭我那世祖生灵酒的红如火焰烧成红霞满天,颗颗泪珠闪耀成五颗金星晚霞行千里红透整个天,明天必将还是一路胜利的酒红酒红红成精神抖擞的中国旗!那份写得满满的血债清单鬼子双手举成了投降白旗,沉重的血债是偿还不过来了窝囊地涌出一口黑血喷上去,便有了哆哆嗦嗦的日章旗

附记二

白　菜

白菜之白
在于抱紧了心儿的可爱
所以白菜
是咱大东北的当家菜

抱住了心儿一起走
抱紧了心儿一起上
一块堆儿冲锋陷阵
跋涉游击
一道儿跟小鬼子死磕
上天入地
抗日嘛，一个也不能少
一个也不能丢下
背着抬着也要走
爬着也要向前方

战友的肩背
是最暖的乡土

乡土最能疗伤

没吃没穿

在一起就是温暖

在一起就有力量

在一起就成了一棵大白菜

心儿总也不乱，越抱越紧

这就是誓死也不倒的

东北抗日联军

白净净的心地抱着

绿葱葱的向往

白菜抱心儿全是劲儿

全是打鬼子的精气神儿

曙色航线
——共和国诞生记

幕　启

共和国的诞生，集中表达着共和国的初心！

一九四九年的新政协，区别于一九四六年的旧政协；

人民政协在特定历史条件下，肩负起执行全国人大职权的重任，完成了建立新中国的伟大使命，揭开了新中国历史的第一页……

　　《曙色航线》，二〇一九年三月三十日重写于长影阳光景都，《香港·波尔塔娃女神跨越封锁线》《大连·阿尔丹号货轮安全抵达》等部分，刊载于《人民政协报》二〇〇九年八月二十四日。

幕　次

序　幕

第一场　双塔村·黄河上的渡口起朝阳

第一幕

第二场　城南庄·校准后的《五一口号》播发未来

第三场　城南庄·北斗的光芒启航了东方大航行

第四场　城南庄·前庭柱挡住了飞向主席的弹片

第二幕

第五场　香港·波尔塔娃女神跨越封锁线

第六场　大连·阿尔丹号货轮安全抵达

第七场　西柏坡·大海碗的面条在等待

第三幕

第八场　西柏坡·春风推窗吹暖了一九四九

第九场　李家庄·解放区的秧歌步里苗长新苗

第十场　北平西苑·吉普车大阅兵让机场气血飞扬

尾　声

第十一场　中南海·水润鱼跃的怀仁堂绽放牡丹

序　幕

第一场

双塔村·黄河上的渡口起朝阳

一九四八年的黄河渡口开冰最早
一轮久违了的喷薄
打冰水里洗出
喷射东涌，照亮东方

毛泽东固执地立于船头
迎向黄河东岸扑面的风
黄河弄懂了
打了个折之后还是奔东

黄河浪花集聚成一支大军
簇拥护卫这一叶扁舟
水老早就认识润之、懂得润之
四渡赤水的盟友终于等到了大水

轰轰天响的黄河涛声
扭动成呼啸扑面的威风锣鼓
祝颂新航道的开启
黄河最为热气腾腾的开冰涌动

第一幕

第二场

城南庄·校准后的《五一口号》播发未来

中国最经典的发稿
民国后最至高最状元般的考卷
张榜于《晋察冀日报》的头里
高中第一眼

撤离延安后的头一回聚首
五大书记汉子浓郁的体味儿熏蒸
拌和着兴奋的纸烟气弥漫
给低窄的民房盛满了海阔天空

初稿像鸽子栖落于案头
让毛泽东的目光聚焦停留
衔下第五条的青枝绿叶
比《沁园春·雪》还漫漫沁园,分外妖娆

在清样上流连忘返,不肯释手
连续烫到毛泽东手的是三个烟头
最伟大的一次矫正罗盘
游龙停歇的笔尖对明灭不歇的烟头,这样说

第三场

城南庄·北斗的光芒启航了东方大航行

电波穿云破雾成为响箭
霞光万道,义薄云天
秤砣虽小
称得出阴雨千斤和风云万钧

《五一口号》
亮出曙色航线上的赋能罗盘
北斗星头放射出
磁性的光芒

二十三羽信鸽扑棱棱打开天空
二十三簇火花刺棱棱燃及大中国
二十三枝柳条柳暗花明又一村
二十三组雷动弄得一九四八年的晚春满脸通红

鸽哨向北方悠扬
春潮向北方张望
大航行亮起航标灯
航标灯启航大航行

第四场

城南庄·前庭柱挡住了飞向主席的弹片

前庭柱挡住了飞向毛泽东的弹片
只是让刚刚睡下的主席惊了一下
前庭柱一挺胸,以满身的弹痕
让斩首行动告吹

前庭柱说,真让主席说着了
炸弹大不了用来多打几把锄头
一系列截杀轰炸确是添了不少的锄头、镢头
为新世界开出了好多的南泥湾

弹片没有想到,惊扰了主席的睡意
倒是送来了浪漫的精神头儿
想铲除掉我们的梦想
倒让我们美梦成真

防空洞里的两块石头
低者为凳,高者为桌,打磨大文章
炸弹绕开了主席走
主席送它们回马枪

第二幕

第五场

香港·波尔塔娃女神跨越封锁线

北上,最热辣的新词
北上,最时尚的暗语
封锁线的后面还是封锁线
挡不住跨越封锁线的新航线

南线北上的第一艘红色苏联轮船
悄悄起航于南有一隅的香港
波尔塔瓦号
一片移动的热土感染了大海

顶住海峡台风,扛住澎湖历险
未来的新日出珍存于心
澎湖触礁时
个个是泰然自若,毫不走板儿

北上的北线和南线,线线破难
让自由女神号
美得称得上是魅力可爱的波尔塔娃
劈波斩浪把航线开辟成红色丝绒线

第六场

大连·阿尔丹号货轮安全抵达

海上生明月,明月几时有
海上有月明,月明今日秀
一艘小艇,一桌酒菜
维多利亚湾上泛舟

轮上的货百里挑一
船上的人奇货可居
打的就是擦边球
圣诞节假期疏忽的擦边球

阿尔丹号货轮
搭上了最伟大的货色
一头扎入大海
全心铺向北方

北上的一片丹心
北等的一片担心
百年修得同船渡,同船渡
一片丹字红彤彤,红彤彤

第七场

西柏坡·大海碗的面条在等待

远在西柏坡上的
一碗宽心面
热了凉,凉了再热
捧端着阿尔丹号的冷暖

自己的生日面,是很多人的生死面
毛泽东瞅也不瞅,只管踱步
已经用大脚板在小院儿里
擀下了几回的海碗面条了

直到电报发来安全暗语
毛泽东大海碗里的面条才见了底
大海碗里的海,大得过海阔天空
装得下大东方的宽心

这碗面
下的是五湖四海
捞上来的
是划时代的千头万绪

第三幕

第八场

西柏坡·春风推窗吹暖了一九四九

周恩来的院儿和毛泽东的院儿
坐落相邻,推窗相望
春天推窗打开了一九四九
春风推窗吹暖了一九四九

三张桌子在军事作战室里唱着大戏
三张桌子跟着领袖推翻三座大山
西柏坡三面环山,却是满面阳光
让所有的春天都比不上

鸡不叫,狗不咬,眼不眨
院中的碾盘也在盘算着好日子的到来
鸡儿轻轻踱步走过领袖的窗下
琢磨:他们在说着什么,那么严肃又那么激情

狗儿主动地在大门外,仿佛闲步却格外警惕
试图让自己听到得和警戒得更远些
阳光慢慢地洒,均匀地洒
仿佛要把所有的暗影都埋掉

第九场

李家庄·解放区的秧歌步里茁长新苗

解放区的天是大晴天
解放区的歌是大秧歌
解放区的昼是大光明
解放区的夜是大无眠

新添的房新抹的墙
屋里还有暖和的炕
会议室的新墙泥还没干透
泥土的新鲜味儿还在没完地散放

酒是大碗，菜是大盆儿
笑是大嗓门儿
迎接远方的亲戚
像是大闹洞房一样欢天喜地儿

吉普车从西柏坡赶到李家庄
让周恩来看到
锣鼓点的热闹里长出新歌谣
十字花的舞步里插下新秧苗

第十场

北平西苑·吉普车大阅兵让机场气血飞扬

驶入机场的吉普车
身披吉祥,气血飞扬
北上航线冲出艰难曙色
北上航行捧出漫天霞光

吉普车的轮辙印记在吟唱
吟唱水和土的亲昵
亲昵得不可分开
分也分不开

天地水土列队同阵
日月星辰列队成行
威武的战鹰肝胆相照
威名的英雄血脉偾张

众志成城的停机坪上
排满准备好了的翅膀
只待那一声令下
驾驭共和国起飞,前程云天浩荡

尾 声

第十一场

中南海·水润鱼跃的怀仁堂绽放牡丹

怀志怀梦的怀仁堂
在凝聚了五湖四海的中南海
四合院落加了顶棚的千人会堂
成全了梁思成的桃花盛开

中南海虚怀若谷
怀仁堂人心所向
海纳大百川,百川入大海
长袍若水涨,长须若川长

水助鱼跃
跃上大东方的大龙门
水润花开
开放大典里的大牡丹

天香牡丹,国色锦绣
开在最高远最深阔的大长天
新天下的大家庭啊
柴扉一启,春色满园

肆

北水黑色卷

朗诵诗选《神情赋》（诗集选 2010 年至 2020 年）

娜芙普利都大祭司^(一)
——新十四行诗

　　《娜芙普利都大祭司》，新十四行诗组、四章七节九十八行、加序诗两行、计一百行，外加注释十二条，整体为四幕七场剧式结构，十二条注释视为尾声与谢幕。

　　《娜芙普利都大祭司》，是参加第二十九届奥运会北京奥运作家大型采风活动的成果，作品重点刊出于二〇〇八年十月号《北京文学》；收入中国青年出版社《奥林匹克的中国盛典》上下卷作品选，转载于《诗选刊报刊诗歌诗论选目》《吉林文学作品年选二〇〇八年卷》等选刊与选本。

幕 次

序

一 幕

(一)

二 幕

(二)(三)(四)

三 幕

(五)(六)

四 幕

(七)

释

序

我们在心灵上面对面,你献出橄榄叶,
有如我捧上茉莉花一般!

一　幕

（一）

你每一个字也是一只燕子^(二),给我,给我的春天
衔来火种,筑圣火之巢,让赫拉星火燎原,春风吹
　又生
"太阳神,阿波罗,请将您神圣的光芒赐予
北京奥运会。"你以火的声音^(三),证明是宙斯的
　新使者
一簇火苗,在六十秒的祈祷和祝颂后,呼地拱破时空
那片云彩,像春天之笋,胜利之鸽,至圣腾天
呼唤和平也被和平所呼唤,祷祝圣洁更因圣洁
而感奋。欣慰于父亲的眼力,太阳神阿波罗微微点头
在这一刻出场登临,"给你开个小小玩笑,满分的
　赫拉
神殿之考,批语是持之以恒。娜芙普利都,你长大了

拿去吧！"阿波罗把金色阳光捻成绿色的四叶草[四]

多么幸福的叶子，化成你左手上的橄榄枝，葱茏嫩
绿的火种呵

你的左、右手两束天种圣火，燃烧出亚里士多德的
名言[五]

老当益壮的奥林匹亚伸出左手，和老骥伏枥的中华
文明的右手相握

二 幕

（二）

在岩石看来，太阳是块坠落的石头[六]。在太阳
看来

石头是颗小憩的行星。赫拉神庙，静穆的神殿
蓄积千年福祉。石柱站立鼓状的神性，栋梁高矗
精神的灵性。巨石建筑，千年天然咬合，巍峨镇守
千年气宇轩昂。在山顶上，遗迹更加引人入胜
"成为我们这个星球上最不朽的事物。"[七]古希
腊残垣

断壁的悲怆之美，正是世界最美丽的一枚自然印章
是组团的断臂维纳斯，神火护卫它，阳光永久
着陆，建造成穹隆浩阔的奥林匹亚剧院

架设出鸿远纵深的纳姆菲翁舞台,悲剧之父
喜剧之父,一而再地证明这里有人类最辉煌的演
　出
祭祀酒神的颂歌,祭祷农神的狂欢,希西阿德
的田园诗,莎孚和品达的抒情诗,阿赫罗库斯的
讽刺诗,还有男性美神海米斯,女性美神维纳斯,
　像你呵

(三)
托举起磅礴大剧的多重组成。露天出演,阳光沐浴
剧场,仪式。古代雅典人的生活充满仪式,像重要的
　晚餐
婚礼,葬礼。希腊戏剧通过神奇仪式,体验超现实
的生活。远处群山峭壁,近地影绰城墙,构成
戏剧的天然背景,爱琴海浪弹拨天琴之音
构成剧目的优雅伴奏。天人共赏,席地交流,浑然一
　体
那时的希腊戏剧,与其说是娱乐,不如说是全城公民
共同参与的隆重仪式:自问,自信;追问,追省
对生命的敬重,对精神的敬重,让俄狄浦斯挣脱开众
　神
的钳制,在《俄狄浦斯王》里,寻求"人从哪里来?"

呼唤"我到底是谁?"此岸世界找到了与彼岸世界
　　的交流,仪式
搭向无限神秘彼岸的桥,生命本质的宏音走进日常
　　仪式
古希腊悲剧诞生了。歌队抒情,诗体雄浑
清澈澈的空气原本本地飞来,自远古,自天籁

(四)

洒下酒神的精与血,风与骨,飘起农神的气
　　与韵,乐与悲。古雅典人激情澎湃地沉浸
徜徉在浪漫于日常生活的舞台世界里,现实的苦难
在他们的眼中变得渺小,像天晴与天阴一样微不足
　　道
悲剧仿佛幸福,它是映照,它是烘托,它让当下的
　　生活
得到轻松和释怀,让自由回归心灵的目的地
古奥林匹亚遗址和东方圆明园废墟,构成
世界生态剧场,原本淳厚之美,醒世警示之美,冷
　　峻
地上升为寓言,犹如同伴,让我们携带走向未来[八]
常常想到亲临赫拉神殿,有如这次拥抱纳姆菲翁
神坛,生命尤为庄严,庄严得像我们胸前的肚脐
让它闪耀出遗址的意义或是废墟的精神,永远不让

它

仅仅成为残骸，它就成为永不熄灭的火种，人类向自身

深处追问的探路火炬。我赞颂那太阳神，我崇敬你大祭司

三　幕

（五）

以岩石的发现，太阳这块坠落的石头，落在了地球的

永动器上，让人类的颂歌在时间的管风琴的和弦里此起彼伏

底格里斯河与幼发拉底河，双双反射着远古智性与神性的波光

我爱这石头，像你一样爱这些石头，就像爱你一样

爱这些爱神一般的石头，娜芙普利都。你把它们看成圣祖

我把它们看成复活的神明。我写 friend（朋友）时

咋缺少了一个"r"？结果变成 fiend（魔鬼），我们不该

缺少了不该少的东西，我们也不怕那些可以多的东西

再写 world（世界）时，我疏忽了一笔"l"

就成了 word（词），一个也不能少的世界

谁也不可以被丢掉的地球,缺失就不是完整的世界
就不是完整的爱。一个词和整个世界,天壤之别
千山万水。相比世界和石头,词薄得像纸
那上面刻不下字,留不住多久的诗。爱如盐

(六)

在眼球的后面点滴渗出,像爱琴海的深处
和各拉丹东雪山长江源头的冰融。爱如海
我们和太阳神就有了度假日,人类就有了
周末的家园和团聚的祝祷微风。爱如火
时光飞钻出的籽粒,阳光凝聚成的水晶,太阳
风干而成的光润。我把爱琴海读成了爱情海
美丽的误读让我心中一动,心痒痒地长出翅膀
成为火凤凰。"人类是稀有的飞禽,扇动体内的
翅膀,在思想更为纯净的空气里,尽情翱翔。"(九)
给太阳添些树枝和干柴吧,我们都是太阳的
枝柴,让圣火长生不老,让爱户枢不蠹
在太阳神阿波罗面前,我们不想喑音,在爱神维纳
　　斯面前

我们不会遮掩。如果树枝还很少,那就把希望当成
　　树苗

栽下去;如果生命的山上还长着幼树,那就以血而育,
娜芙普利都

四　幕

（七）

一切都像刚睡醒的样子,一切都在重新拉开大幕
我知道我在思念着什么,你明白你在怀念着谁。站在
奥林匹亚山上的你,娜芙普利都,用祭司火炬指给我
那山丘是迭起的信仰,还用点燃的祥云火炬告诉我,
　　那树丛

是缠绕着的忠贞。智慧和平的女神Athene（雅典娜）[十]
和China（中国）,如此音韵同源,终为殊途同归。
　　如同你我

是面对面的橄榄叶片,成为绿色的一对。又是一个
英雄时代,伊达山上埃涅阿斯的父母多么门当户对[十一]
传统的丝麻,亲切的束带,随风蠕动,温着暖洋洋的
　　光芒

簇拥着你从容拥抱这人神瞩目的舞台,你把一生出演
　　的角色

叠加起来,没有这一次更加崇高。你的"北京好运!"
源自

你听到了"给中国一个舞台,还世界一个精彩"的
鸽哨

感谢你眷顾着东方鸟巢辈出金丝云雀,而且福音袭
绕

"天地开创了,鸟儿啼叫着。一切,仅仅是启示。"(十二)

注 释

(一)希腊奥委会于二〇〇八年二月二十七日举行会议,一致通过决定,由舞蹈、戏剧、电影演员玛利亚·娜芙普利都为第二十九届北京奥林匹克运动会圣火采集仪式最高女祭司。这是一九三六年开始圣火采集仪式以来第十位最高女祭司,是第九位夏季奥运圣火采集仪式最高女祭司。

(二)希腊诗人埃利蒂斯《理所当然》中的诗句:"每一个字是一只燕子。""给你在夏季中带来春天。"

(三)希腊诗人塞弗里斯《大海向西》中的诗句:"你的声音便如希望之火来接迎我们;"

(四)希腊人喜爱三叶草,常用作花环和服饰品。如果有人找到长有四片叶子的这种草,就预示着将获得幸福。

(五)古希腊大哲学家亚里士多德有句格言:"吾爱吾师,吾尤爱真理。"

(六)借用外国一位诗人的诗句。

（七）美国思想家、诗人爱默生的话："使得遗迹再引人入胜不过了，""似乎成了我们这个星球上最不朽的事物。"

（八）中国学者、作家余秋雨《废墟》中："只有在现代人的沉思中，废墟才能上升为寓言……我们携带着废墟走向未来。"

（九）借用外国一位诗人的诗句。

（十）雅典娜，希腊神话中的智慧女神，在与海神争做雅典城的保护神时，因出示象征和平的橄榄树而获胜，爱好和平的雅典人奉其为保护神。

（十一）希腊神话：爱神阿佛洛狄忒在伊达山上遇见特洛亚王储，达尔达尼亚人的统治者安喀塞斯，二人相恋，生下英雄埃涅阿斯。

（十二）借用中国诗人杨炼《午夜的庆典》中的诗句。

我爱的：长白山
——新双行诗

《我爱的：长白山》，长诗七章，七十七节，一百五十四长行，创作于二〇一三年十月十六日至十一月四日，润色于二〇一四年十二月十四日；刊载于《诗歌月刊》（下半月）二〇一四年第一月号，时代文艺出版社二〇一五年四月出版的《吉林文学作品年选二〇一四》。

第一乐章　月之笺·天堂

第二乐章　火之笺·文笔

第三乐章　水之笺·绝唱

第四乐章　木之笺·卫士

第五乐章　金之笺·福地

第六乐章　土之笺·水墨

第七乐章　日之笺·沙龙

第一乐章

月之笺·天堂

我爱的长白山是我的爱我爱长白山
我爱的是长白山我的爱在长白山

天池水汪在天上我爱的天池水汪在天上的长白山
美人松笑在天上我爱的美人松笑在天上的长白山

人参花开在天上我爱的人参花开在天上的长白山
天上的长白山在天堂我爱的天上的长白山在天堂的
　　长白山

云朵在天池的手上我爱的云朵飘在天池手上的长白
　　山
水波在美人松的头上我爱的水波漾在美人松头上的
　　长白山

参天在人参花的心上我爱的参天醉在人参花心上的
　　长白山

参天上的长白山在天堂我爱的参天上的长白山美在天
堂的长白山

我爱的美就美他个古灵精怪浪就浪得个喜出望外的长
白山

我爱的奇就奇他个鬼斧神工妙就妙得个妙不可言的长
白山

我爱的陡就陡他个高山仰止阔就阔得个一望无际的长
白山

我爱的深就深他个深不可测高就高得个高不可攀的长
白山

我爱的北国吉林山的长白山我爱的东方中国山的长白
山

我爱的东北亚高山的长白山我爱的世界名山的长白山

我爱的举头望明月是你低头念故乡也是你中华十大名
山的长白山

我爱的身离开心也在此心离开魂还在怀痴心不改依恋
犹存的长白山

第二乐章

火之笺·文笔

我爱的中国首部地理志《山海经》镌刻过大荒之中有山不咸的长白山

我爱的中国首部传记史书《史记》记载过肃慎贡物楛矢石砮的长白山

我爱的至圣孔子编定首部诗歌总集《诗经》采录过其追其貊长发玄鸟的长白山

我爱的隋帝杨广创制词之源头《纪辽东》专门颂赞辽东清歌凯捷丸都的长白山

我爱的诗仙李太白以"翩翩舞广袖,似鸟海东来"吟咏的长白山

我爱的陆游陆放翁以"鸭绿桑干尽汉天,传烽自合过祁连"咏诵的长白山

我爱的朱元璋命笔"情怀造到天心处,水势无波戍不攻"的长白山

我爱的康熙帝御笔"名山钟灵秀，二水发真源"的长
　　白山

我爱的乾隆皇亲笔"滚滚遥源出不咸，大东王气起龙潜"
　　的长白山
我爱的吴兆骞健笔"白雪横千嶂，青天泻二流"的长
　　白山

我爱的纳兰性德秀笔"山连长白秀，江入混同清"的长
　　白山
我爱的刘凤诰欣笔"乾苞坤络孕元气，龙兴福地何巍然"
　　的长白山

我爱的刘建封阔笔"东辽第一佳山水，留到于今我命名"
　　的长白山
我爱的吴禄贞健笔"气凌五岳支千派，景压三韩岭万重"
　　的长白山

我爱的曹雪芹浪漫笔下女娲氏炼石补天所在大荒山无
　　稽崖的长白山
我爱的《红楼梦》滋长灵河岸上三生石畔那棵璀璨绛
　　珠仙草的长白山

我爱的余秋雨激扬纵论宏阔异态美飞扬赞颂宏伟生态美的长白山

我爱的"中国起步时你是历史走廊，中国辉煌时你是半个大唐"的长白山

我爱的千年苦修百年苦旅千锤百炼尽藏天秘蕴纳古灵生物辞海的长白山

我爱的千秋绝唱百代风流千承百传气象万千仪态万方人格经典的长白山

我爱的始终白着头却始终激荡年轻保持火山喷涌不减当年好好学习天天向上的长白山

我爱的雄踞古幽燕仍勤勉治学厚学开悟比德快乐厚积薄发千里之行始于足下的长白山

第三乐章

水之笺·绝唱

我爱的中生代大陆漂移被风光无限所获抛下锚链安营扎寨子孙万代的长白山
我爱的欧亚板块迸发使命荣耀完成降下风帆一帜桅杆默立于古岸边的长白山

我爱的万物生长传宗接代图腾崇拜山水崇拜祖先崇拜圣岳神祇庇佑希冀的长白山
我爱的天地至上自然和谐天祭海祭雪祭柳祭鹰祭虎祭萨满信仰灵魂飞翔的长白山

我爱的统帅七百部落奔向太阳升起之地成就史诗英雄乌布西奔妈妈的长白山
我爱的抓鼓激越浩荡腰铃雄浑吟唱披蒙神秘面纱珍存活化石大萨满的长白山

我爱的母亲神太阳神骑射征战鼛鼓咚咚风烈风轻天晴地暖的长白山

我爱的生命树灵魂树盘龙虬枝旌旗猎猎云卷云舒山回水转的长白山

我爱的扶掖拥揽古王国高句丽雍容怀抱海东盛国渤海别样峥嵘的长白山
我爱的插柳结绳史创千里人字柳条边墙绿篱生态长城另类烽燧的长白山

我爱的康熙泰山龙脉论考定乾隆天坛七星石添石认定华山为虎泰山为龙龙脉源出的长白山
我爱的会当凌绝之顶望得更深苍穹义薄云天犹如回归初始宫殿母亲摇篮天经地义的长白山

我爱的龙脉发祥皇家朝拜世代经年遥祭望祭翩然绝唱的长白山
我爱的封禅祭祀慎终追远盛世风流江山社稷悠然安定的长白山

我爱的登临之上大东北一览众山小放眼而去古东海海天一线牵的长白山
我爱的鹰雕虎蟒熊豹貂鹿一呼百应风雪雷电雨雾云霞同心同德的长白山

我爱的古称徒太山太皇山老白山太白山吉祥祈福修炼地的长白山

我爱的东方风范大雄浑风云际会大气象民间智慧大东北的长白山

我爱的身处纷纭江湖睿智长者气度悠然静观出世满目深邃恢宏的长白山

我爱的向上向前民族文化向度自信自觉精神思考维度无限颂祷的长白山

我爱的天人合一自由精神在无限自然之中追寻生命意义儒家的长白山

我爱的有无相生出入超然将万物本源之道融入平常民生道家的长白山

我爱的历史长卷文化长卷生命长卷思想长卷山水滋润合抱之木生于毫末的长白山

我爱的自然精神科学精神审美精神哲学精神灵魂养生九层之台起于垒土的长白山

第四乐章

木之笺·卫士

我爱的北太平洋东岸石锥出海地火冲天赫然凝成瞭望塔扬眉独秀的长白山
我爱的欧亚陆桥东端宝刀开刃利剑淬火指天托举卫士哨藏于云间的长白山

我爱的崇尚尊严忠勇正义历史责任毫不推脱奋不顾身刚直不阿从容不迫的长白山
我爱的追索和平爱憎分明挺直胸膛坚不可摧百折不挠牢不可破名不虚传的长白山

我爱的大都统吴大澂拍案而起夺回图们江自由海权阻止俄国犯进疆土的长白山
我爱的大英雄吴禄贞挺身而出破灭日本间岛图谋抵御倭寇侵吞祖国的长白山

我爱的大将军杨靖宇神勇鏖战原始密林神出鬼没让日本关东军心惊胆寒的长白山

我爱的大先生田汉悲怆颂赞东北抗日义勇军最强音共
　　和国国歌响彻世代的长白山

我爱的把不抵抗混军令踩在脚下奋然迎击毅然打响
　　九一八后抗日第一枪的长白山
我爱的首燃抗日联军烽火烧不尽扑不灭前赴后继铁血
　　壮怀抗战十四年的长白山

我爱的大山牵小山七七四十九山山山相接抹搭山迷魂
　　阵十面埋伏的长白山
我爱的大盆套小盆九九八十一盆盆盆相连干饭盆百慕
　　大惩一儆百的长白山

我爱的飞断崖跃高岭走洼甸猎狼游击密林深处每一缕
　　风都是射敌子弹的长白山
我爱的地窨子土仓子木刻楞密营掩护白土地上每一片
　　雪都在埋葬鬼子的长白山

我爱的情系万千壮怀激烈高昂头颅每个胸膛都是抗联
　　根据地浴血到底的长白山
我爱的魂兮归来魂兮永在魂兮崔嵬每个面孔皆为烽火
　　纪念碑彪炳史册的长白山

我爱的反法西斯蒂东方战场最东方最前沿傲岸中国
　　身影最坚韧最卓绝的长白山
我爱的举国光复欢欣鼓舞秧歌胜利关东军完蛋投降
　　伪满洲国作鸟兽散的长白山

我爱的大中华悲壮身躯践踏过撕裂过肉搏过心魄英
　　魂热血染山河的长白山
我爱的大中国铁血家园火烧过刀砍过炮轰过冬去春
　　来草木更蓬勃的长白山

第五乐章

金之笺·福地

我爱的岁月荒远龙脉绵延渐而磅礴峦岭相叠潜而渡海海伏陆起的长白山
我爱的威震今古逶迤千里方域万里天地奥秘古今灵奇出奇制胜的长白山

我爱的每天托举第一缕最高天云光明洗尘光明使臣捧献东方哈达的长白山
我爱的亲吻土地群山万宗万众亲吻神鹰鹏翅罡风振跃披挂英雄绶带的长白山

我爱的世界三大黄金玉米黑土带之一覆盖天大绿荫叶片绿也绿不到边的长白山
我爱的江河是叶脉玉石是叶骨煤炭是叶根吮吸地水凝聚天赋荫翳扶摇的长白山

我爱的火山灰上冷静生满原始茂盛葱茏苍翠东方森林东方芳邻情不自禁的长白山

我爱的黑土地上深情活跃蓬勃茁壮玉米高粱亚洲大
　　地亚洲府第美不胜收的长白山

我爱的松花江图们江鸭绿江三江源起网开三面诗书
　　长卷诗情缱绻写意奔淌的长白山
我爱的热之泉冷之泉药之泉百泉突涌莲花百千禅意
　　绽放禅悟存心福殿家常的长白山

我爱的海拔最高吉尼斯世界纪录火山口湖天池碧水
　　无言孤芳悠然径自开的长白山
我爱的落差最大的吉尼斯世界纪录火山口瀑布自然
　　恩宠曲高和远有知音的长白山

我爱的驯养猎鹰延续千年海东青鹰猎文化申列联合
　　国非遗名录的长白山
我爱的努尔哈赤命名打渔楼村鹰屯民族古老活态文
　　化华夏闻名的长白山

我爱的朝贡人参两千年长白山人参文化尊为世界意
　　义文化遗产的长白山
我爱的野山参采挖习俗驯化技艺如参籽一样红嘟嘟
　　旺成一团火的长白山

我爱的稀世珍宝吉林东珠给打牲乌拉照耀出蓬蓬勃勃
驿站贡道的长白山

我爱的巨型鳇鱼重过千斤让多挂爬犁碾压出轰轰烈烈
朝贡辙印的长白山

我爱的伐木史飞扬倔强冬雪挥洒白银这片别人遥远的
白却是我最近身漂洗的长白山

我爱的放排史漫卷轻柔春江尽染绿鸭这派别人神往的
绿却是我最寻常点染的长白山

我爱的风土酿造吉林腔韵吉林市井成全北方地方戏曲
新秀吉剧唱响的长白山

我爱的天然绿色吉林食材吉林味道跻身新八大菜系之
开首吉菜弥香的长白山

我爱的沟岔水里最养生灵芝最营养哈什蚂油成就宫廷
珍馐满汉全席的长白山

我爱的阴坡树上最健脑核桃最好喝葡萄酿酒评鉴欲望
厨房山海饕餮的长白山

我爱的冰雪报恩母系香火另有乾坤椴树蜂蜜般甘甜福
分古道热肠桃源深情的长白山

我爱的落叶归根雄性健美别样华章贵重松茸般尊崇好
客香里香亲乡音乡印的长白山

第六乐章

土之笺·水墨

我爱的杨将军开过抗日联军密会若干年后三岔子城墙砬子成为我家安详后墙的长白山
我爱的断崖百米蜿蜒四里犹若屯兵百万乡民亲和如子元宵砬洞掌灯滚雪祈愿的长白山

我爱的一山浓缩北半球温带寒温带寒带三个气候带三转其身奇异地貌的长白山
我爱的一天经历垂直逐鹿地质梯级贯通四个景观带四变脸谱精彩生态的长白山

我爱的海拔八百米针阔混交林缤纷竞相登台彰显才智竞争者的长白山
我爱的海拔一千一百米针叶林保持光合水分专心致志思想者的长白山

我爱的海拔一千八百米岳桦种群坚韧匍匐不止壮志未酬前行者的长白山

我爱的海拔两千一百米高山苔原贴紧山脊不离自始至
　终坚守者的长白山

我爱的松花江砚紫禁城康熙世代文房皇冠丽质灵秀明
　窗开笔书就天地大福的长白山
我爱的冬雪不冻奶头河魔水仙松老而不枯枯也不朽朽
　而不倒勾画水墨天堂的长白山

我爱的枫叶如血苍山如海激情岁月五花天地笔笔仙居
　宝石酒店的长白山
我爱的银装素裹分外妖娆雾凇魅影美艳梦幻处处魔界
　红丰小村的长白山

我爱的海东青神鹰和神鹰般凌空制衡睿智理想腾展追
　求的长白山
我爱的中华秋沙鸭和沙鸭般昂首静对不惧湍急情归婵
　娟的长白山

我爱的山中之王东北虎和东北虎般恢宏审视捕捉定力
　威猛神勇的长白山
我爱的关东仙兽梅花鹿和梅花鹿般温文尔雅莞尔顾盼
　回首思忖的长白山

我爱的百草之王人参和人参般鬼斧神工强身滋体厚积薄发的长白山

我爱的林中绅士美人松和美人松般挺拔刚直襟怀坦诚圣洁素净的长白山

我爱的连根连枝血肉相连一脉相承十指连心松杉杨槐合欢树不离不弃的长白山

我爱的相拥相抱肝胆相照唇齿相依相濡以沫松桦恋王夫妻树忠贞不渝的长白山

第七乐章

日之笺·沙龙

我爱的飞瀑孕三江犹如雪白长须银亮美髯媲美大唐太白飞扬诗人无限诗情的长白山
我爱的天池十六峰宛若诗人沙龙诗友来聚媲美太白诗酒七贤咏竹八仙诵海的长白山

我爱的比翩翩舞广袖似鸟海东来诗仙吟侠李太白更高俊飘逸更近身处地的长白山
我爱的托世界最大杯盏举最高敬意斟最满美酒敬天海敬云波敬万古诗兴的长白山

我爱的人生得意须尽欢莫使金樽空对月五岳寻仙不辞远一生好入名山游的长白山
我爱的帝王将相伟人国士骚人墨客乔岳诗书吞吐世是风雷激荡云水飞扬的长白山

我爱的峰峦伏跃风琴键盘黑白分明长短诗句高腔圣咏抑扬顿挫气贯长虹的长白山

我爱的颂赞鲸海太阳蒸升息落辉煌壮烈吟诵诗国天
　池如镜如盖余音缭绕的长白山

我爱的向东吟唱古东海挽歌向北咏唱森林山恋歌向
　西高唱大草原情歌的长白山
我爱的永生诗人并不在意岁月埋没若火山灰上照例
　宫养出生繁绿大族的长白山

我爱的融汇惠特曼《我自己的歌》埃利蒂斯《疯狂
　的石榴树》波德莱尔《巴黎的忧郁》艾略特《四
　个四重奏》的长白山
我爱的聚来聂鲁达《诗歌总集》莎士比亚《十四行
　诗集》辛波斯卡《万物静默如谜》特朗斯特罗姆《波
　罗的海》的长白山

我爱的胸中怀有追求从而常有追求进而成为追求暮
　色溟蒙枯荣泰若沉雄祝颂的长白山
我爱的心中藏有敬畏从而常有敬畏进而成为敬畏形
　神沉勇旷达睿智执信永生的长白山

我爱的扒开黑土捧出金娃娃掀开雪被抱起绿宝宝种
　瓜得瓜种豆得豆的长白山
我爱的扯下云彩就扭大秧歌摘下太阳就敲古鲸鼓醇

和宽裕谐和富庶的长白山

我爱的大风大雪大悲大喜大欢大乐大气凛然大根脉的
长白山
我爱的大红大绿大俗大雅大情大美大器天成大作为的
长白山

我爱的大智大勇大橡大梁大春大秋深明大义大追求的
长白山
我爱的大才大略大儒大术大真大善大步流星大前行的
长白山

我爱我爱的长长的天长地久的长白山
我爱我爱的白白的白头偕老的长白山

我爱我爱的姗姗的热泪潸潸的长白山
我爱我的爱我爱我的山我的爱长白山

春天里的红旗童话
——新十四行诗

《春天里的红旗童话》，获得全国诗歌征文大奖赛全奖、"我和我的祖国"吉林省诗歌大赛一等奖，刊载于《吉林日报·生活快报》二〇〇九年二月四日、《黄龙府》双月刊二〇〇九年第二期，作于二〇〇八年五月二十六日长影阳光景都。

一

一辆红旗车,像春天里的金马驹,在长春宽敞的
大街上,呼啦啦地撒开四蹄。暖融融的晨晖纷纷来聚
抚摸车头上的红旗标志。这辆红旗径直地驶向急切
盼望红旗的长春女孩欣月,正想和春风一起
涌进她春天般的心里,想让八岁的小小市民坐上这辆
　红旗
实现病危中唯一的愿望,去看天安门广场的升旗

红旗车在春天的大街上,春风一样地刮着绿意
路口红灯微笑着眨动,提醒给疾驰的红旗:承托你
前进的,是比红旗车还年长的街衢,名字也叫红旗
它可是经历过屈辱、抗争而改正的名字,远比不上
红旗车是开国领袖钦点的大号,挺着刚直的骨骼和腰
　脊
它诚恳地为红旗车和这座城市的运行躬身致意
红旗街,红旗车,爱红旗的欣月;人,车,街,城
土地、机器、市民,三点一线就都是红旗了

二

这辆红旗车,要让失明的小欣月你有所慰藉
献上点精神抚恤。让你亲手摸摸这车头上的红旗
告诉你这红很光艳,是值得长春城市骄傲的红旗
它曾和天安门广场那面红旗有过一样的荣誉,它也
 有过和你
欣月一样的心愿,后来实现了,它成为新中国的一
 个第一
它也有和你一样的遗憾和惋惜:你欣月没能在失明
 前亲眼看到

天安门广场的升旗;红旗车也没能赶上开国大典的
 升旗
这种惋惜,更激发了天南地北的长春人拼搏奋起:
 三十三天
一举完成第一辆红旗的孕育,钢铁的红旗,一举抹去
中国不能生产轿车的历史。共和国十周年大典
为纪念三十三天的造车奇迹,三十三辆红旗车光荣
 入选
长安街上踏着国歌的旋律,国旗向上升起,红旗车
 向前奔去

从此，红旗车成为国家形象的国宾车，更是国家大庆
的检阅车
三十五年大庆，五十年大庆，还有即将的六十年共和
国大典礼

三

春分，把春天分给南北半球，把春天分给更多的
城市与人，对于春天，春分是只底气十足的上升风筝
是一次由远及近的鸽哨鸣嘀。春天转眼落满市区
阳光洒得满街鹅黄新绿。城市里又一面生命的红旗
像一朵最抢眼的杏花，八岁的长春女孩欣月，像一汪
清水，清纯澈底。突发绝症不久，又遭遇

眼睛失明的重压，生命危急的小欣月，在与顽症搏击
与生命的日子博弈。生存之美的圣地，飘扬一面红旗
"我就想上北京，看天安门广场的升旗！"小学一年级
还没到阅读保尔·柯察金的年纪，还没具备
读懂《钢铁是怎样炼成的》的心理，但你用纯清的心
捧出了和《钢铁》相似的魅力和伟力。红旗，升旗
一下子，照亮了希望的另一极，成为人生的另一极
你要拾级而上，你登攀的每一级，都成为整个城市的秘语

四

时间和颠簸,严肃地否决了小欣月那真实地去京
北京的童话便在长春开花,天安门广场的转移
成了迫不得已的美丽。北方的春天里,开出了
北京和长春的并蒂莲,荷叶上的露珠晶莹透亮地聚集
一样的温馨,一样的可喜,医生、记者、学生、教师
市民、交警、导游、司机,各自悉心地扮演着南北
　东西

参与者、传播者、分享者,城市晚报、雷锋车队
共同把心灵的养护再一次温习。两千多名春天的志
　愿者
像蒲公英的小伞,让春雨更富有滋味和韵律;两千
　多名市民
演出了一场《升旗》的大剧,小心翼翼地捧出了欣
　月的心愿
也抖出了自己的祈愿和希冀。这座城市的底蕴
其实贮藏在每位市民的心里,不论年纪和职级
刚上小学的一位升旗手,给所有人升了一次旗,
　《欣月童话》

不经意地让这座城市的这次升旗，纷纷占据了海内外
 媒体的头题

五

这一辆红旗车，成为模拟进京车队中的一辆，是美丽
谎言中的一个标点，一个词语。实在不愿，也不能让
 美丽
阳光的故事抹上一滴阴雨。这才促成进京回长后的又
 一次
与红旗的相遇。欣月，你摸到的这车头上的红旗，是
 这座城市的
标志之一啊，红旗，不单属于柔软，属于飘动，有时
 就是这样的立体
像你摸到的国旗护卫队叔叔的肩章、帽徽一样具体

因为你摸过了，它就有了你的体温和你的心绪。八岁前
通过家里那台小电视，你看过红旗的故事，也有过学
 校升旗的经历
听老师讲过江姐和那些姐姐怎样地绣红旗，红旗上的
 星星多不易呀
绣成了，我们就成功了；因为绣好了，中国就胜利了
也因为红旗还没有绣完，所以江姐牺牲了，那么多人

就义了

红旗就不断以飘扬的方式，与那些好人招手，有时哗哗地说话

有时在旗杆一半的地方站下，替那些人接过尚未完成的遗志

红旗的红色和旗帜的飘动，是很多人一直在诚心破译的旗语

六

红和旗，从组合的那天起，就天生地向上、向前没有过犹豫，迎着考验，伴着冲锋号音，迎着风雨奔向成功的高地。你是红旗最懂事的好同学，因为你是学校的升旗手；你是红旗最年少的好朋友，因为你把红旗揣在了心里。你说："红旗和太阳一同升起我和红旗在一起，就是和太阳站在了一起。"这辆红旗车

是另一面的红旗。坐进来，你就真是升旗手了：按一下喇叭

就像按动升旗的按钮；发动引擎，就像演奏国歌开始把好方向盘，好比每天早上司旗叔叔正步向旗台走过去把旗那么一扬，国旗一下子抖成一片新天地

鸣上几声车笛,好比真的进了少年鼓号队,红领巾
抖动的节奏,烘托着庄重的少先队队礼
打开双闪,便是一路绿灯,峰回路转
都爱说,是开往春天的地铁,我们是抖向早晨的红旗

七

转动一下方向盘,一个左转大回,再一个右转小回
就是真的向北京奔去。你在用心灵摆动方向盘,那么
　专一
用心体量这辆红旗,体味它的速度,体验它与北京的
　距离
体验蓝天和红旗的关系。在红旗的驾驶室里感受红旗
多难得的机遇,感受与迎风招展的五星红旗的默契
之所以你一直快乐,因为你心中有一面红旗

已经不是一次偶然相遇,而是心心相吸的志愿
和冥冥之中的期许。人人手上有辆红旗,人人眼里有
　面红旗
人人心中有一种红旗。欣月小小年纪,已经知道怎样
　珍惜
你心上的蛛丝马迹,都已经是生活中的红旗,你的早起

上学是红旗,你的课桌黑板是红旗,我们的成长是
　　父母的红旗
小恙康复是他的红旗,小长假家人团聚是她的红旗
儿子考进重点,女儿嫁了心爱,是一辆辆的红旗;
　　挤公交
赶菜市,他们的波折、麻烦、期盼、等待,是一面
　　面的红旗

八

每时每次都需要升旗,该有一次次庄严的升旗
该有一回这辆红旗的兜风,需要车速带来的城市风的
提示和鼓励,平常事情、平常日子、平常程序
只要你坚定了生活的勇气,你就开动了一辆红旗,
　　只要你
品出了日子的滋味,你就扬起了一面红旗,把自己
打扮成红旗车的驭手,做一次身心兜风,拂去浮尘

也抚平委屈和焦虑,心中田园就有一片草坪,一簇
　　欢快的火炬
眨眨眼睛,其实你是你的红旗。红旗和春天一同升起
春天和城市一道拔节晋级,整个城市向市民学习,

市民

向城市的理想看齐。城市的好天气在市民的笑容里
城市的好身板在市民与市民的关爱里,一辆红旗车
几辆红旗车难以装得下,民生的乐趣,生命的价值
都被融进这面偌大的红旗里。你叫你的名字,我叫我
　的名字
在这个城市里,红旗成为大家共同的名字

九

春风和煦入城,是为了红旗挨门挨户地把心底的真切
收集统计,春风伸出绵绵长长的手臂,为的是
帮助所有人展开心中那面旗。红旗成为每位市民的
精神遗产,人人都在传承传递,这已成为这座城市的
　特质
感怀欣月,把所有长春人的红旗情结,聚拢,并缠得
　更密
心口上都有那片红,仿佛是天生的赐予,或悄悄珍藏

或悄悄展开,红旗都在自己心上的广场,自由的天际
它会准时升起,每天准时,每次准时,那是城市
春天的根基。一辆红旗在晚报的字里行间疾驰
这辆红旗在《欣月童话》的长安街上行驶。车是城市

的轮子
精神是城市的重量，有分量的城市才不会停下来
才运行得更平稳、平易。红旗车默默地成为志愿者
小欣月奇迹般地走出顽疾，这座城市，让红旗分别
　　解释
庇护、福音、责任、价值，成为阳光下亮晶晶的城
　　市水滴

末代知青

——为大型纪念文集《知青在长岭》篇章嵌诗

题　记

末代知青冯堤，

一九七六年九月至一九七七年五月插队下乡，

在通化地区浑江市城墙公社森工大队，菜队。

第一章
知青的一条大河也是波浪宽

一条大河波浪宽
风吹稻花香两岸
一岸是对青少年的难忘缅怀
一岸是对中壮年的珍惜感怀
那河，奔泻的是激越的青春
那风，吹送的是红色的年代
两岸稻花开出了的
是知青岁月里的守岁和望月
守望的是我们的人生
我们的大河
我们的上甘岭
我们的光荣与梦想
风吹过，水浸流，火燎过，阳光照过
守岁和望月的知青岁月啊
就被留了下来
就成了风景
或许是长生不老的风景
打那以后，就再也没有
被什么风浪所颠覆
被什么波折所迷惑

第二章
在岁月的闲散时光里读懂自己

那时候,知青还不懂
不懂我们知青自己
这才是珍贵
之所在
谈不懂这岁月里的闲散时光
读不懂这时光中的散淡阳光
为什么弄不懂
因为,它是一本经典
读不懂,没读懂,意味着什么
进一步证明
它是一部圣经
圣经是需要
用一辈子来读懂的
所以要反复读
用整个人生来读和去读
在岁月的闲散时光里来读
到时光的散淡阳光中去读

第三章

那一簇多年生草本风信子啊

那是青春的风向标啊
伴随叱咤风云的风
疾风劲草的风
意气风发的风
知青的人生
拐上了别样风花雪月的轨道
人生风吹草动
日子风驰电掣
那一簇多年生草本的风信子啊
播种下遍野满地的年代话语
点燃生命之火
同享丰富人生
该吃苦时就吃苦
需要吃苦时吃得了苦
苦扑面而来时迎得住苦
大风从身前刮过
大风从身后刮过
大风从心上刮过,留下的
是和红日、白雪、蓝天拥抱的
一代风流

第四章
永远不要线却也不会断了线

悄悄感谢风

让风筝成为长了见识的风筝

让风筝成了

栉风沐雨的风筝

认知长天也让长天认知的风筝

认得广宇也让广宇认得的风筝

长了筋骨,铸下精神的风筝

懂得追求的风筝

扛过顶过举过擎过那

一阵风一帆风一道风一场风

永远不要线

却也不会断了线

倾情的风筝,知道了

线有限,也无限

线有形,也无形

藏在

自己的指缝中

第五章
那一束光明而温暖的逆光

那一束逆光
让你光明而温暖
也让你感到悬空和昏厥
虽然是光,但是在逆
知青下乡成出的像
是一道剪影
分不清你和我
掰不开我和他
只得起个名字叫,在一起
人要有仰视
有逆光有敬慕
迎光可能会淹没了你的原型
人生还要有冷静的顺光
顺光可能会被真实埋没了个性
折射不影响澎湃
仰视不影响生动
黄昏就是朝阳的折射
晚霞就是阳光的弯曲
朝阳啊
人生的逆光

第六章
生命岁月里的一锅出

知青岁月
无论岭上的还是谷里的
都是一口一百印大的锅
一口一百驮重的锅
弥留着千里万里都流香的
一锅出
理想和青春的一锅出
记忆和追求的一锅出
汗水和泪水的一锅出
生命和岁月连水带泥的一锅出
红日，白雪，蓝天
乘东风飞来了报春的群雁
我们是整整一代的
盼春迎春报春的群燕
用理想烧红了春天
用热血染红了春天
用青春亲红了春天
我们是整整一代的

春天里北归的
群燕
以清纯漂白了白雪
以清白描白了白雪
以清醒读白了白雪
理想之歌
从葵花变成瓜子
化整为零,化诚为灵
残雪典藏日月
春水熬煮流年

第七章
知青历史是知青的岁月图腾

历史是具体的
是可以感知的具象物
是无上感知的潜力股
知青历史
是知青的岁月图腾
精神图腾
心灵牧场,越是远才越是近
自由疆场
越是有磕磕绊绊才越是可信
磨砺
就是好钢淬火,好刀锋出
大豆经过浸泡碾磨
耐得卤水点化
板石挤压
虽然外形有变
但凝结出了思想
像豆子由原料扭转身份
显现出油的亮亮香香
仰视自己的苦
仰视上苍降临的磨炼

第八章
心中的乡村那里有自己的乡愁

人生
在青春的节骨眼儿上
拐了个弯儿
弯成了一段干脆的弧
加了长度
添了故事
多了价值
知青岁月：青春的弧线
知青时光：岁月的彩虹
谁问：北京怎么样
答曰：北京好啊
可惜太偏僻
这回答
与阿摩司·奥兹异曲同工
奥兹早就谈到
你身在哪里，哪里就是世界中心
青春
是每个人心中的乡村
心中的乡村，那里有自己的
乡愁

第九章
八百里瀚海上的一片圣地

八百里瀚海上的
一片圣地
好乡村
是蹲在民俗里头的乡村
科尔沁沙地与
科尔沁草原的结合部
黑土平原与
绿野草原的交接地带
种粮带与畜牧带的融合区
祖先把沙坨子奉为
天然祠堂
用命名村子的方式
崇敬恩德,传承上苍
念记沙土、乡土、盐碱土
如果晚上从天上看
沙坨子、土坨子、串坨子
散漫排列,随缘布局
一定很像是北斗星的样子

人在做，天在看
地名记着所有的事儿
地上的人
就牢记着头上的天

第十章
那里的心跳是我悄悄地心跳

听听吧
那里的心跳是我悄悄的心跳
和那里土地在一起的心跳
永远都咚咚激越的心跳
古来长长的卧岭，连绵的坨子
但是哪管啥再大
也被人们踩在脚下
就让前面的坨子变成了脚下的岭
很得世代认同传承
沙坨子里有耳朵
能够听出这片土地的心跳
更欢腾更有力了
更加此起彼伏了
那是因为加入了知青的心跳
有了知青的心跳，它的力量和风范
就和以往不一样了
有过在一起的不一样
因而知青和土地不在一起的时候

心跳,和当年始终没什么两样
没什么两样
也变不了样儿了

第十一章
蚯蚓学会了对人生的修复

石头剪子布

蚯蚓铁锹土

石头、剪子、布，蚯蚓、铁锹、土

一铁锹猛烈地下去，蚯蚓

人生拦腰两截

岁月截然两段

泥土以历史的身份

出来弥合与调解，两段岁月

更有了蚯蚓深邃难忘的理由

一生为土地而生而存

因土地而繁衍

蚯蚓学会了对生命的修复

和对日子的珍重

铁是土的外来物，铁的断裂

远远未能斩断蚯蚓的道路

蚯蚓在曲折中赢得生命的重生

在泥土里获得游刃和升腾

土，天生孕育生灵保护生根

铁，终究被土所锈蚀和降解
这就是知青岁月奇异的密码
石头剪子布
蚯蚓铁锹土

第十二章
久困的小鸟在雨天里放飞自由

雨也是知青的好朋友
让够累的弟兄喘口匀和气儿
起五更爬半夜，近似于体罚的劳动
集体户久困的小鸟在雨天里放飞自由
大雨，在做一次久违了的精神按摩
红薯酿出的黄汤，当地称它"地瓜蒙"
大葱白菜、蒜瓣咸菜，都可下酒
酒精度多高没人研究过
反正入口火辣辣
咽下去五脏六腑都发烧
斗酒，也斗智斗勇
三两三钱，推杯换盏是多少
五虎上将，初生牛犊不怕虎
景阳冈前
大过武松英雄瘾
东倒西歪
跳进水缸洗大澡
李白斗酒诗百篇

虎哥斗酒闹翻天
欢乐凉拌泪滴
想家成为下酒菜儿
第一次醉过自己
第一回知道自己的底细

第十三章
记忆在历史的火炕上长久地暖着

血泡熬成了老茧
老茧熬成了骨肉
从春熬到夏
从夏熬到秋
知青这一锅人生饭
熬过去了，熬过来了
由生硬的米
熬成了绵软的粥
悲观者说，总算熬过来了
乐观者说，已经熬过去了
悲喜者无可奈何地说
千年的媳妇熬成了婆
谐谑者一本正经地说
千年王八万年龟
熬出来的都是长寿
时代的体温
永远都不退去
在历史的火炕上
长久地暖着

第十四章
知青爱情究竟是幸福还是孤独

结婚了,就是扎根了
知青结婚,与知青结婚
知青被结婚
扎下了根,就得搬出集体户
就能搬出集体户
找房子,自立门户
不再享受知青的待遇了
这是给予爱情的特殊待遇
自己在屯里盖上一间茅草屋
只能装得下爱的
小房子小狗窝
小狗窝有一天
窝火窝得给窝着了
烧得空徒四壁,草房成了废墟
房子着了,媳妇跑了
知青爱情
究竟是幸福还是孤独
屋子后来说
不是房子偷偷点着了自己

是房子主人点着了
自己的房子
为的是
回到集体户

第十五章
场院一觉睡掉了集体户的荣誉

看青
观赏着青葱的美
警惕小动物,护卫小秧苗
看熟
沁闻着成熟的香
警惕大动物,保卫大果实
尤其在交公粮之前
经过碾压、脱粒、扬场、装袋的公粮
堆放在露天场院的时间上
是聚焦各方眼球的核心战场
需要日夜守候
知青成为生产队的忠勇
没有亲故,一心为公
和蜻蜓说话,和太阳谈心
和蚊子搭伙,和黑白守候
沾了丰收的光,沾了秋的荣耀
大苞米金黄
荞麦地花白

高粱地通红
醉了眼,醉了心
也醉了美梦和打鼾
更醉了难忘的忏悔
那一觉得放松警惕
睡出了场院粮食的漏洞
也可恨那硕鼠
偷掉了集体户永远的荣誉

第十六章
灵魂的钟声啊敲得心直毛

多雪的冬天,毛毛的道
灵魂的钟声,敲得心直毛
早晨出工的钟声
由一块铸铁发出来
挂在队房子的枯树上
像是历史深处的一片编钟
三点多钟,熟睡最香中
疲惫着,享受着,慵懒着
钟声
像是半夜鸡叫里的周扒皮
从高玉宝的书里
猫腰地拱出来
那块铸铁被敲响
铁公鸡被打鸣
钟声响起,铁公鸡打鸣,
夜空中幽灵飘荡
坚硬的现实
一再猛击美梦的好觉
灵魂的钟声啊
敲得心直毛

第十七章
那发黄的岁月镌刻金黄的记忆

知青是特别学校

学会北方农村所有的农活儿

铡草时按铡刀

不是技术活儿

为铡刀床续谷草

却是高危劳动

严霜铁具

让所有的手粘掉过皮层

却像蚕蜕抽丝,剔透坚韧

掰手腕子

名叫掰,实为握

明里的较量,公道的比试

暗里愈握愈紧,越掰越亲

发黄的岁月

镌刻金黄的记忆

生命的厚茧

凝成人生的琥珀

知青是个不老的名字

天鹅绒似的白雪
在第二故乡的风中
等待，不化

第十八章
和太阳在一起的青春太阳不会忘记

太阳用一大宿的时间
脱去夕阳给自己穿上的外套
黑色的外套
厚重的外套
先是跟着太阳起早
然后是比着太阳起早
跟着太阳走
跟着太阳比赛
和太阳一起开工,像一团朝霞
和太阳一起回户,像一群倦鸟
没有手表,不必用表
太阳是架权威的老挂钟
和太阳在一起的青春
太阳不会忘记
迎接新日子的太阳
是送别昨夜的
庄严仪式
抖一身云锦

铺满目金灿
那是昨夜赠予我们的
庄重礼服

文房融书
——台历上的诗镶

题　记

文房里的书案台头，台案上的台历和画面，画面的命名还有配诗，是我新年的书札台鉴，宛若春光里的朝晖，细碎漫游……

　　《文房融书——台历上的诗镶》，刊载于二〇〇九年出版的周历《融》，东北证券股份公司的新年文创礼品，印刷发行两万份，作于二〇〇八年十一月。

第一周：东北的雪

东北的雪最高洁
用屹立登高
远望那春之蝶
通体冰清玉洁
内心和暖如火
东北的雪是最北的雪
最高洁的雪
叫中国雪

第二周：大唐的唐

爱说心中的唐古拉
纵卧天地之间
守望欧亚大陆的
唐古拉
这颗心该有多大
山有多大，心就有多大
这座山姓唐，大唐的唐
名叫古拉

第三周：休止符上的瀑布

东方的帕瓦罗蒂
暂短的停歇
孕育着高潮
像个短短的休止符
余音袅绕穹窿
等待着，那个高音儿
我的太阳
更美的还有
另一个的太阳

第四周：一家雪

雪人一家亲
温情一家人
洁白的身
洁白的心
不是一家人不进一家门
不是东北雪不懂东北心

第五周：水墨温泉

水墨温泉和积木栏杆
不相干却相宜
像浓妆和淡抹
飞白处，含蓄得厚重
浓墨处，深沉得意远
大东北
天然水墨
活态意象

第六周：融

春之水
冬之雪
还有波中倒映的秋实
几个季节融为一体
几种情谊凝于一身
胸怀博大，遐思阔朗，想象无限
才称得上：大，自，然

第七周：报　春

出于清纯的一枚连理枝
静候春天的一对比翼鸟
溪水里的春天
弹奏绿色管风琴
天地停顿
铺开漫漫无垠的婚纱
洁白的语言写着
报春，抱春

第八周：夜　眼

夜的眼最明
看得透城市的实质
城市的核是五光十色的神经
只等心
小憩下来
才能看得清
甚至摸到她的弹跳

第九周：水边城市

上海原来叫海上
其实该称作海边
大上海
在水的面前还是渺小
水是世界之主
海是生命的未来

第十周：迎　春

梅枝向东，向东方
东方红，春天来
春在梅里
梅向东去
改称梅朵迎春

第十一周：暖水鸭

春江水暖鸭先知的鸭
暖水鸭
春江水暖鸭先知的江
鸭知江
鸭和水的亲，有如心和春的近
暖洋洋
梅花，一眼眼地都记在枝上

第十二周：警　觉

春的心最敏感
春心太纯，所以脆弱
春心皎洁，所以易污
春心蹦跳，所以易逝
所以贵重
好好捧住这颗春心
一起青春澎湃

第十三周：池　塘

谁的成长
都有一泓池塘
童年的铃铛
挽手的伙伴
爹和娘，呼之欲来
人生的池塘
金的池，银的塘

第十四周：半江春水

一江春水向东流
半江春水向哪里流
半江春水没有流走
而是停留
留在熟悉的柴门里
留在亲昵的棂窗里
留在一叠踏一叠、一层高一层的
瓦楞上

第十五周：圣　镜

据说
镜子源于铜镜
铜镜源于净水
净水源于潭湖
只可惜
可以为镜的祖先的水域难找了
这样的一面面镜子
是被什么打碎的呢

第十六周：水面上的虹

外滩的外
是意外的外
白天的虹，架在夜晚
天上的虹，铺在海上
七彩的海
绝非海市蜃楼

第十七周：鹤发童颜

只有大自然
才称得上是
鹤发童颜
那自在的清流
飘飘洒洒
是天地智者悠哉地
搂着时光的胡须

第十八周：长明烛

一年三百六十五
一刻也没有熄灭的
是这祈愿之烛
那燃也不尽的能量
爱
天长地久，日沉日升
却长明如心
红的烛

第十九周：自由的心

一枝红杏出墙来
早已熟听熟解
一朵无名花探出木篱
或许更为平常
自由的心是多种多样的
自由的心应该交给
自由
自在

第二十周：孔

面对白孔雀更是不明白
孔雀的孔表现在哪里
明明是翎子上
朵朵的花瓣
或闪闪的星斗
却被看成了孔
有的事情是以讹传讹
且越传越美

第二十一周：不了情

真和幻
在一桥之间
神和仙
由一桥相连
不了情
就此无法了断

第二十二周：蜂花恋

在绿叶上，舞
在花蕊中，舞
在花瓣的簇拥下，舞
好的舞台让人羡慕
既是安慰也是奖励的
叫蜂蜜

第二十三周：东方剑

东方明珠是东方剑
东方剑倒立在东海边
既亮了剑
又平添了合作的达观
时尚的铠甲里面
是美丽的花木兰

第二十四周：承　德

八方风雨，入四面云山
两侧红墙，傍一条御栈
承国运之德
传皇家之道
翠柏摆万事悠悠
苍松送乾坤漫漫

第二十五周：松　林

丛林之中，高贵为松
林木之中一等一的公
一身正气
笑迎清风
阵阵松涛
唱万里珍重

第二十六周：擎

一张富丽的
货币票面
一架辉煌的
证券钢琴
飞出的音乐
全是硬通货色
那六支玉柱
似乎擎得住
所有低迷的生活

第二十七周：芍 药

芍药的芍不是
给亲人喂药的勺
那支勺
良药苦口
那支勺
是好看的芍药花
最为精简的模样

第二十八周：亭中细语

石笋拱叠，瘦
曲折蜿蜒，皱
绿潭红鱼，透
亭中细语，幽
莫非大师苏轼欧阳修
雅书扬州
刚刚给我一个回头

第二十九周：世界语

汉字的味道
无处不在
异国他乡
绽放中华文采
三扇窗口的
品字里
迸发风雅的文明
汉字的骨架
搭成世界语

第三十周：天　池

天成为池
还是池成为天
天水一色
水天一线
天池和云朵
相融得不论
谁高谁低
孰深孰浅

第三十一周：生命的衣装

无惊于丝绸

扎染之美

惯常于棉麻

毛裘之暖

从熟视无睹中醒悟

寸草心、绿叶情

天然之道

绿

是与生命最相配的衣装

是带着心跳的生命衣装

第三十二周：调色盘

大自然

最神奇的调色盘

季候的神仙

下凡

其实是天来之神

而非人上之仙

神与仙的合谋

有了后天的大自然

是另一种的

自以为然

和

不以为然

第三十三周：瀑

多么柔弱平静的水

路遇断崖

也是临危不惧

纵身一跳

引得掌声一片

轰然天响

第三十四周：面　对

面对突变

镇定是第一件

数得清

自己翅羽上的纹脉

看得重身边的真实

坚守一线生机

等待浪漫

第三十五周：春色不古

古镇上
从名字到一切
都在古
只有春色不古
开门是春水
举目是青葱
回首传神之古
是春色引你入青幽

第三十六周：雅座莲蓬

赞出污泥而不染时
叫荷
咏芙蓉国里尽朝晖时
称作芙蓉
叹两情相依藕断丝连时
少不了下面的莲蓬
一日如莲
万古流芳

第三十七周：近水楼台

若不是
湿湿的空气里
飘来吴侬软语
低柔的欸乃
若不是
软软的晨风中
扑面洞户连室的砖瓦
重楼起雾的神采
还以为是威尼斯
自己的美
近水楼台
虽由人作，宛自天开

第三十八周:宁静致远

秋的迹象
是金和红
秋的内核
是禾与火
再大的丰收
也压不垮
再烈的燃烧
也不能焚毁
这才有天高云淡
宁静致远

第三十九周：城里的芦苇

再也不会
被人说成
墙头的那位
头重脚轻根底浅
人们之所以
看重你，爱戴你
是你把湿地和辽远
带进了城来

第四十周：林间小路

曲径通幽
已是狭隘的视角
因为弯弯曲曲的人为
到底还是
人为的弯弯曲曲
自然天地间
曲中有直，幽中更通
无限构筑
林间小路
是人类的通天大道

第四十一周:侠骨柔情

在长白火山
喷发的刚毅里
在断崖岩浆
凝化的硬朗中
藏有一句柔情之语
岩与水的禅明剔透
雪与火的意蕴绵长
白须仗侠
侠骨柔情

第四十二周：红枫行

杜牧误了赶路
写了一首《山行》
把枫叶写成花
二月的红花
当代为了赶路
记下一首《红枫行》
把枫树写成帆
每周都红的帆
五瓣枫叶有若殷切地送往
一片枫树并齐
深深的寓言
一路顺枫顺红

第四十三周：五味子

秋天是一次远征
所以是简约的过程
一切被删繁就简
去粗存精
收入行囊的
就剩下几粒五味子
人生不过五味
天地不过五行
一枚果红
足够享用

第四十四周：原生态

世界的本源
是母与子
像土地与种子
人类的本源
是原生态
热爱本源
为的是福祉相传
赶路出汗的地球
腾出一点时间
品咂一下汗中的盐

第四十五周：歌不落帆不落

悉尼不是
世界船坞
悉尼却有
帆船的明珠
歌是永远的风
歌不落帆不落
人类的音乐永不落
天帆
天籁

第四十六周：军舰岛看不到军舰

军舰岛看不见军舰
只有海水与树木相恋
军舰岛看不见军舰
只有宁静与和平倾谈
海鸟和鱼儿说
放心吧
军舰岛再也
看不到军舰

第四十七周：出　发

钢铁之轮
是最沉实的轮
车轮与引擎
关系最近
引擎是思想
车轮是实践
像树木的
年轮和根须
像你我的
追求和出发

第四十八周：秋天的路

曾经
敢问路在何方
如今
敢问路向何方
秋天的路
如一出戏剧
金色得矛盾重重
秋天的路
五花山色
充满了诱惑迷失和迷惘

第四十九周：圣 爱

雪山和圣湖的
圣爱
举目两层天
颔首一汪情
远远地
才美
静静地
才深情

第五十周：生和活

光之内
影之外
时光公平地
交替重来
房是歇息的船
船是启动的房
在船上
风浪助你清醒
在房里
美梦讨你不宁

第五十一周：天桥天上来

神来之笔

天外之石

仙人桥的

情结所在

是仙人过桥

还是仙人搭桥

仙石

补天堑

天桥

天上来

第五十二周：垂 钓

元都的漕运码头
明清的王公乐园
晨钟暮鼓里
宴歌管弦
北京的灵魂
在哪儿歇着哪
什刹海
藏着美人鱼
京都一片海子
放出钓线沉钩
无数
游人如织
酒客如鲫
期待重现美人鱼

第五十三周：永永远远布达拉

背景下的伟大
不掩伟大
背景下的红色
一样是价值的本色
只有本色
才经得住
时光的打磨
自身的高贵
从来不在乎
光影的变幻和
时光的交错
这才是
山上之山、宫上之宫的
布达拉

第五十四周:清香的香

名为兰花
却习惯人称兰草
总也不忘
身为草本
随人叫兰花草
素淡、雅气
就不在乎叫什么
草本
有草本的美
清香
有清馥的香

伍

中土黄色卷

歌诗选《琴瑟书》(诗集选2000年至2010年)

废墟上盛开的生命雏菊
——荧屏朗诵诗作十例

《中国,空气格外流通》,在吉林省委宣传部、吉林日报社、吉林人民广播电台、吉林电视台"阳光与我们同行"大型诗歌朗诵会征文的两千余首作品中获得第三名、成为重点朗诵作品,刊发于吉林人民出版社二〇〇三年七月出版的《燃烧——非典时刻的诗》;

《春风又起》,应邀为吉林卫视二〇〇四年春节联欢晚会《祝福春天》所创作的主打语言类节目诗表演,一月二十日(农历腊月二十九)首播,由吉林电视台六位女主持人联袂朗诵表演;

《废墟上盛开的生命雏菊》《白山松水向巴山蜀水的守望》,应邀为二〇〇八年五月二十三日吉林卫视播出的吉林省宣传文化系统大型抗震救灾募捐活动晚会《白山蜀水心连心》所作的两首主题诗朗诵节目,刊载于二〇〇八年七月长春出版社出版的《悲情与力量——五一二地震中的诗歌倾诉》;《废墟上盛开的生命雏菊》还刊载于五月二十日《城市晚报》,《白山松水向巴山蜀水的守望》还刊载于五月二十八日《吉林日报·生活快报》、六月七日《长春日报》;

《吉林大地一场透心的喜雨》,应邀为二〇〇八年十二月六日吉林卫视录制播出的吉林省庆祝改革开放三十周年大型晚会《山花烂漫时》所作的唯一主题朗诵作品,刊载于二〇〇八年十二月十八日《长春日报》；

《在一起》《平民英雄》，应邀为二〇一〇年八月十六日吉林卫视现场直播的吉林省抗洪斗争文艺晚会《我们在一起》所作的朗诵作品，刊载于十月《春风》双月刊特刊《大吉林二〇一〇》头题；

《把信念的春天铺向天边》，刊载于《吉林日报·东北风》。

中国，空气格外流通

春风又起（节选）

废墟上盛开的生命雏菊

白山松水向巴山蜀水的守望

在一起

大水漫过吉林

平民英雄

吉林大地一场透心的喜雨
　　　——献给吉林国企改革成功暨攻坚战告捷

生命的台阶，生命的白

把信念的春天铺向天边

中国,空气格外流通

今天的中国
空气格外流通

所有的门窗向清风敞开
引来山间碧透的溪水
所有的心房向自然开放
吮吸田野厚土的芳菲

一曲《春江花月夜》
最优雅的室内乐
把心上的风筝遥远地放飞
一曲《回家》
最动人的浅唱低回
流泻成深深的湖水
都来感念白衣天使
都来敬慕红十字军团
都来称赏这时代的玫瑰

今天的中国

空气格外流通

透过深情的月光
只能猜想白色口罩后面
唇口怎样的嫩红
牙齿怎样的洁白
高风亮节,浓得让风儿悄悄震颤
水晶情愿,深得让花儿纷纷盛开

人说女娲补天
特别战士补的是海蓝的天
人心所向是最大的天
人说精卫填海
白衣天使填的是天大的海
生命可爱是超重的海

今天的中国
空气格外流通

今天的中国,纷纷伸出手来
今天的中国,流通着一个美丽的手势
一派无言的期待
一个指头代表信念不改

无数个单指
连接起一座座心连心的大堤
抵御病毒的泛滥成灾
两个指头是个 V 字
是胜利的剪刀,动作利索且精彩
成群的 V 字
构成一道道面对面的前线
剪断毒根,胜利在握,雾散云开

经历风雨更知大自然的真美
走出家门,让人与环境互敬互爱
沿着美丽的手势是条宽广的大路
清风习习,芳草碧碧
延伸这动人的手势是条宽阔的大江
懂得深呼吸,学会把心情打开

没有什么秘密不能揭开
没有什么心结不能解开
没有什么矜持不能放开
没有什么诱惑不能躲开

把窗打开
一场细密的透雨洒了下来

把门打开
湿润鲜味的日子飘了过来

今天的中国
空气格外流通

春风又起（节选）

好一片，好一片宝蓝宝蓝的天空
那下面，是一片血红血红的朝霞
好一片，好一片银白银白的瑞雪
那下面，是一片葱绿葱绿的嫩芽

这是一轮新的日出
这是一轮新的早晨
这早晨让我们的胸中荡漾着春心
这日出让我们的面颊鼓胀起红晕

祥瑞之气，在升腾
福祉之气，正涌进
一片吉光照耀着吉林
一片吉光普照着我们一汽人

……

奋进的吉林终于迎来了全新的惊蛰
这，是个大好的时节，送来了大好的时运

自强的吉林人未曾有过蛰伏,而是蓄积潜能
就像黑土地里的种子,更待春雨、春风
有着不可抑制的迸发的冲动

……

松花江
用松柏之清香、野花之素美而激情奔淌
满怀信心地滋润一个新的吉林
长白山
以深长的慈爱、洁白的祝福而纵情眺望
用巨人的身躯护佑着这片水土崭新的生命

……

惊蛰后面是春分
这是一汽人的世纪之春
用一汽人永远第一的精神
打拼吉林的第二次创业
造就吉林的现代神采和风韵

风雨送春归,飞雪迎春到
大地春暖,地气回升

吉光照耀下的可爱的吉林
是一列新时代的轻轨列车全力驰骋
正在开往春天，开往繁荣，开往未来，开往振兴

废墟上盛开的生命雏菊

一下子,中国被撕裂开一个巨大的口子
中国开始剧痛,而且疼痛日益加剧
一下子,地震像张开一只血盆大口,仿佛
把全国人民的心一口吞噬
一下子,那里成了中华的伤口
每时每刻,让所有同胞受着煎熬和蚕食

四川,已经远远不能用四条川流可以解释
而成为四面八方涌来、五湖四海而聚的川流不息
一下子,我们的身份都有了改变
我们都成了四川的川籍,汶川的川籍
震区的同胞,成了我们的家人和亲戚,同学、同事和
　邻里
多想,多想亲手为灾区多扒开一片瓦砾
多想,多想为高举生还者担架的那些手臂再多上一只
大大小小的石头瓦砾,都快要把我们的心堵得严严
　实实了
还有断树残枝,在心头交织,让人透不过气
抗震救灾,到了最危急的时候,中国面临危险期

危险期
危险期

"你们的痛苦就是我们的痛苦!"
温总理嘶哑而坚毅的嗓音,始终回荡在耳际
胡总书记与灾区民众相握的手无比有力,温度在升级
救命,叔叔阿姨!废墟里传出的声音总是那么清晰
一场抢救生命的总攻已经开始
召唤生命的集结号,雷鸣般响起

生命在打造着奇迹
生命在实现着对生命的呼唤
生命在做着对生命挽救的接力
抢险救援的官兵,动作那么麻利
但,却又像绣花一样仔细
不放弃希望的千分之一,哪怕是万分之一
不放弃,生命第一,人是第一
站在震中的总书记不放弃
划伤手臂的温总理不放弃
救危抢险的官兵不放弃
全国人民不放弃
废墟里的同胞不放弃,每一分钟不放弃,每一次呼
  吸不放弃

废墟外面的人们不放弃,每一秒钟不放弃,每一个蛛
　　丝马迹不放弃
不放弃
不放弃

既然灾难已经降临,那就挺直腰身去面对
用我们最大的勇气和努力
救援犬,像善良的朋友一样,焦急地寻寻觅觅
生命探测器,像慈爱的老中医,向废墟里摸脉,向我
　　们心灵深处触及
只要有生命的迹象,只要有生命的体征,只要有生
　　命信号,就毫不迟疑

总说是高山流水觅知音,而今已是山高水长遍地是知己
一位老师,双臂夹着两个生还的学生,像一只雄鹰
让孩子的生命得到展翅
而留给自己的是凝固的永远的英姿
我们看到了生命最庄重的祭祀
被困顿了八十小时之后的两位年轻人
奇迹般走出生命的禁区
我们看到了向生命最钟爱的敬礼
更有,更有六百人拥抱出一个以爱胜天的奇迹
他们生是把自己的死亡和失踪名单改写,抹去

一十、二十、五十，一百、二百、六百
当一大群生命，呼啦啦地从废墟里冒出来
像雨后一点点神气的笋尖，像一杆杆突然扬起的旗帜
起死回生
起死回生
仿佛整个中国都经历了一场生命的惊险之旅、神奇
之旅

中国人从废墟中站起，在废墟上站立
生命之花多么绚丽
人的壮丽，也许就在于肉体的脆弱
但，更在于精神的坚毅
废墟下面有这样一对夫妻
妻子看着强忍创痛的丈夫而无法救助
丈夫紧皱着眉头微笑叮咛：你带孩子，好好地活下去
妻子反反复复地说：不，我们谁也离不开谁
看，我和孩子多么爱你！你一定要为我们再坚持一下
你知道，你知道，我们是多么爱你

我知道
我们知道
整个中国都知道
我们谁也离不开谁，我们是多么爱你，爱你们

我们是多么相爱

这是一个花季，废墟里的花季
这的确是一个花季，废墟上盛开着这么多绚丽的生命
　雏菊
有的，还那么的娇嫩欲滴
卡住腰身的小弟，扬着头，说：叔叔，先救他们吧，
　我还可以
多好的小小男子汉
下半身沾满了鲜血的小女孩思雨，说：我不怕，你们
　不要担心
我唱歌就不觉得疼哩，我就唱了一曲又一曲

整个四川盆地，就是一首大歌，一幕大剧
这支歌在瓦砾上传递
被感动了的瓦砾，又不断地传递给整个震区
整个今天的中国，在合唱着一支壮丽曲
一首交响诗
一曲《祖国颂》，响彻天际
中国的花季，盛开着一望无际的生命雏菊

白山松水向巴山蜀水的守望

悼念的黑丝带,在出租车的后视镜上舞荡
祈福的绿丝带,在幸存者的胸前飘扬
千百盏的河灯,为亲人的安详漂流而照路
千万点的烛光,为生命的自在和珍重而护航

直至今夜,月儿才开始微微发亮
巴山蜀水,天府之国,凝注着古往今来的生命怀想
直至今夜,星儿才开始稍做安宁
白山松水,关东大地,铺满了一望无际的深情守望

健壮的中国,遭遇天然重创
面临空前的考验,步入心灵的考场
中国有过唐山的大地震,但更有了建成后的新唐山
中国有过关东的大洪水,但更有了新工业基地的大东北
中国又有汶川的大灾难,但我们会有汶川更美的新模样
岷江啊不要再流泪,松花江捧着浪花祝福,咱们一起向前奔淌

悲伤的羌笛呦,正在吹奏出悠扬的乐曲
因为那两只管子并得更紧,上面还装上了全新的竹黄

噩梦正在过去,我们从梦魇中结伴走出来
未来的路我们一起闯,我来做那支拐杖
一家人呵一家亲,天府和关东是前后院
我去挑水你来浇园,树上的鸟儿我们一同把生活歌唱

天府之国深,关东大地宽
水做的妹子柔美,像人生中避风的港
白山松水远,巴山蜀水长
山做的汉子挺拔,像生活里护城的墙
山站得高呵,为水而护卫,而瞭望
水缠得紧呵,为山而温婉,而滋养

我们一直在相爱,一个南方,一个北方
那里的麻辣火锅,快慰得心驰神往
这面的白肉血肠,升腾着古道热肠
我们一直在相爱,天府的姐妹,关东的儿郎
小麦甜菜棉花团,培育出多么清丽丽的腰身
大豆玉米葵花籽,奉养出多少憨实实的刚强

长嘴茶壶,流淌出大禹治水的中华传奇
松花石砚,研磨出渤海古国的墨迹天香

那里是红军走过的地方,这里是抗联雪掩的地方
同一个频率呼吸,同一个脉搏跳荡

英武的东北虎,山上山下地奔忙
为我们增添战胜一切的力量
它在说,我们虎虎生机,前方的路很宽、很长
睿智的大熊猫,抹去两眼泪行
从容地捧着稀少的青青竹叶
它在说,我们信心十足,更大的竹林开始茁壮

四川大盆地里每一棵青竹
都把一个挚爱捧在心上
那是生命的安详升了起来,是每夜不眠的月亮
东北大平原上每一棵钻天杨
都把一种深情举过头顶
那是人生的旺火烧了起来,是每天早起的太阳

今夜,月亮上的桂树,其实就是关东的钻天杨
它们在风的合奏里,哗哗哗地向你鼓掌,鼓掌
今夜,月亮上的玉兔,其实就是天府的大熊猫
在新绿的竹山上,黑亮亮的眼圈开始把明天创想

今夜,今夜,汶川你要宁静一下
眯上一个盹儿,你太疲惫了,太紧张了

今夜，今夜，月亮代表我的心
月亮代表我们的心，月亮代表全中国的心呵

晨曦已经来临，满目鲜花，满腹清香
古语说早霞行千里，今天就是个朝霞满天红
红彤彤的太阳，缓缓地牵着天府之国向上，向上
我们的家园前程似锦，我们的生活幸福安康

在一起

暴雨的迅疾,落点的重复,超长的历时
一再地复述着史无前例,史无前例
丰满水库上下游同时突发大水
上游松花江全流域暴发洪水,更是史无前例
吉林省六百万人口的大受灾,二百万人躲避险情的大
  转移
江河告急,水库告急,城市告急,过灾流域达到大半
  个吉林
这是又一个的史无前例

省委书记来了,省长来了
第一时间,让科学应对的智慧远远高过水位
巡访村镇,踏查堤防,水里,泥里
党员干部到位,村支书们到位
第一时间,让身边的群众心中有了实底儿
组织转移,加固堤防,白里,夜里

我们和大水裹在一起
我们就和果敢、和英勇站在了一起

我们和大水拼在一起

我们就和生死抉择、和坚强意志融在了一起

我们就毫无疑虑地与信心和种子长在了一起

突发的灾情，把党心和民心贴在了一起

生命的血脉，把干部和群众牵在了一起

迷彩冲锋舟，把子弟兵和亲人连在了一起

央视新闻滚动的头条

把全国同胞、海内外同胞与吉林人亲近在了一起

一望无际的大洪水

一望无际的战洪图

一望无际气壮山河的景观

一望无际激荡人心的壮丽

一切依靠人民

奉献于人民，人民群众是抗洪斗争的强大力量和坚强柱石

一切为了人民

服务于人民，成为比水位涨高更加真切实际的行动标记

一切相信人民

忠诚于人民，成为比战胜洪水积累更高价值的精神标尺

这场突发汹涌的大洪水
把党、军队、社会主义的宗旨集中鲜活地托举
山高水长，云天碧丽

浑江红土崖红新村村民严兴全说得真亮的
"发这么大的水，我们没有哭泣，
因为政府的靠山就矗立在我们心里。"
公主岭东风社区安全撤离的谢淑云大娘的意愿是真挚的
她执意不肯让人把家里的事告诉儿子
告诉奋战在永吉抢险一线的兵儿子
"咱不能拖孩子后腿，分孩子的心，
国家需要他，他能救更多的妈妈、更多的家呢！"

在受灾最重的永吉县里，前进村村民王洪刚
用铁锹当桨使，划起小船展开救援
"只有我会划船，我不上前谁上前？"
吉林市消防支队通讯科付广全
用一只洗澡盆、一条绳索
解救了孕妇、盲人、老人四十多位
"我们想的是胆大心细，科学救援！"

一道道民堤被大水漫过去
让人坚信的是，更有靠山一般的国堤

只要有靠山在
就会有新的民堤一道道地垒起来

我们的法宝是：在一起
在，一，起
在，是人在阵地在的"在"
一，是一条心、一个信念的"一"
起，是挺起来扛过去，起誓不胜大水不罢休的"起"
有雨和水在一起，就有人和心在一起
有人和心在一起，就有党和民在一起
一架坝上指挥棚，是一座冲不垮的堡垒
一位堤上蹲守哨，是一杆淹不没的战旗

水中搏击，在一起
惊险救援，在一起
昼夜护堤，在一起
爱心接力，在一起
史无前例的大洪水，史无前例地在一起
史无前例地在一起，史无前例的新胜利

永吉的那对夫妇失散后重逢时
丈夫不容分说，背起妻子向家而去
那贴心的微笑告诉我们：

幸福，就是在一起

刚刚清理完淤泥的整条街衢
饭店开始举办新人的婚礼
大水后的红花更红，大水后的新娘更美
生命，就是在一起

人们纷纷道上祝福，人们从婚礼上沾了喜气
我们的家园，在沾着喜气中重建
我们的吉林，在创造喜气中奋起
过日子，就是在一起

有以人为本，才有了不放弃、不抛弃的安全大转移
有众志成城，才有了中流砥柱、坚不可摧的抗洪大应对
有顽强拼搏，才有了忠诚人民、挺身而出的舍生大壮举
有无私奉献，才有了亲如兄弟、守望相助的爱心大接力
有勇于胜利，才有了抗大洪、抢大险、救大灾的绕梁
　　不绝的交响曲

这一部绕梁不绝的宏大交响曲
将长久地回荡在白山松水的吉林大地

大水漫过吉林

大水漫过吉林,大水
漫过吉林

大雨,暴雨,大暴雨
名副其实的从天而降,无忌落地的
远已不是往年春天嫩绿、夏天浓绿的庄稼雨
汹涌的浪头几下子
就盖了一人来高、几近成熟的大玉米
眼睁睁地被洪水冲去
看着它们长大、长势喜人的庄稼
来不及心疼一下
中国大粮仓成了大汪洋

大水,洪水,大洪水
前所未有的水漫吉林,迎头泼下来的
也远不是往常城市清洁空气、清洗街路的季节雨
劈头盖脸一下子
美丽的城市成了孤岛
几近砸昏了城市建筑,让街道成为咆哮的河道
亲眼看着没了园子、院子

亲眼看着房子倒在了大水里
就像母亲跌倒了,却不能去扶一下

大水漫过吉林,大水
漫过吉林

北面吉林告急,中部长春告急
东面延边告急,南部白山告急、通化告急
大水正在漫过吉林大地

温德河一改温顺,漫过大桥突进永吉
古洞河奔出河道,袭击安图万宝
饮马河野马般撒开狂奔的四蹄
浑江晕乎乎地漫过史上的警戒线
松花江上游肆意出槽,漫过广袤的农田与村庄
江深从十米涨到二十多米
江面从五百米出槽到三千米的漫无边际

吉林标志之一的丰满水库
上下游同时突发大水
白山松水美誉中的松水的代表上游松花江
全流域暴发洪水
一再地复述着史无前例

大水漫过吉林,大水
漫过吉林

第一时间,书记、省长指挥在泥水中
让科学应对的智慧远远高过水位
第一时间,各级干部、村支书们抢险在泥水里
让身边的群众心中有了实底儿

雨还在下,水还在涨
库容在突升,库容在漫溢
警钟还在敲击着危急
险象环生,危逼吃紧,生命第一
吉林省二百万人开始了规模最大的
躲避险情的大转移

大水漫过吉林,大水
漫过吉林

故土难离
没人情愿把好端端的家园扔给大水
生死相依
谁能忍心把和融融的亲人分身东西

但是面对大水,普通百姓也要懂得抉择
这是大水从负面奉给人们的一次学习

妇孺老幼,一步一回头
踟蹰的脚步
在为余下来的时候而祈福
壮青大汉,大步流星奔大堤
家人的撤离
更增添了战胜大水的勇气

不怕,不害怕
不管是话到嘴边让牙齿咬住
还是在心里悄悄私语
直到温总理和蔼慈祥地一问、无限深情地一问
才像潮水一样再也挡不住地喷发
"我们不怕!""我们不害怕!"
相反地,我们在一起
让害,去怕吧
让灾害怕我们吧!
我们的法宝是微笑面对,微笑地在一起

大水漫过吉林,大水
漫过吉林

公主岭安全撤离的谢大娘
执意不肯让人把家里的事情告诉儿子
告诉那奋战在省内重灾区永吉
抢险一线的兵儿子
"咱不能拖孩子后腿，分孩子的心，
国家需要他，他能救更多的妈妈、更多的家呢！"

国家需要他
吉林需要他
大家都需要他
我，还有你

永吉的那对中年夫妇
在失散后的重逢时
丈夫不容分说，背起妻子向家而去
那贴心的微笑告诉我们：
幸福，就是在一起

大水漫过吉林，大水
漫过吉林

脱臼的道路，准确复位

折断的桥梁,修复翅翼
坍塌倒伏的房屋,重现腰脊
瘫软喘息的城镇,重抖神气

谢老大娘的微笑,刻印上所有子弟兵的心底
刻印在省委书记、省长和所有干部的脑际
那对夫妇的微笑,弹拨所有受灾群众的心弦
弹拨出修复家园、润泽幸福未来的动人心曲

古代有一种神兽叫吉光片羽
一身奇迹毛皮的任意一小块
入火而不焦,入水而不沉
吉光片羽经典地代表了精神整体
仿佛就是专为大吉林准备的比喻

大水漫过吉林
大水却漫不过吉林人的微笑
漫不过吉林人的心坎
漫不过吉林人心头的火烧云

看吉林,水淋淋的太阳升了起来
亮汪汪的太阳升了起来
暖融融的太阳升了起来
一同升起来了

这片常含泪水、爱得深沉的
吉林黑土地

平民英雄

虽说是擦肩而过,却留下深刻的微笑
这就是生命间不经意的相连

电视剧《希望的田野》里有个秀水镇,有个徐大地
李中萍在真的榆树秀水镇当职
做着徐大地那样的副镇长
洪水涌来的当口,更想到自己
还是预备役炮兵团的指导员

她和宋秀茹、魏先丽一起
换上迷彩服、戴上迷彩帽
飒爽英姿,以另一个形象呈现在抢险一线
三个靓丽的预备役
被誉为抗洪前线三朵花

水中之花,洪水中绽放
应该叫作水仙花
平常的感情,平常的光辉
静静的英雄,平凡的英雄,平民英雄

水在面前，水在脚下，柔情却在心里
这大水，让大家人人都是水仙，贵重的水仙
转移群众，封堵管涌，夜巡大堤
人都说，她们三个
是大堤上开得最艳丽的水仙

不曾相识，却在同一场水灾中相认
似曾相识，却在同一个长堤上相知
昨天还不曾相识，今天你却成了我的生命
昨天还只是似曾相识，今天我们已经不愿再分开

昨天还在玉米地里干活
今天扛起沙包在大堤上奔跑
昨天在盘算着
丰收后该多给孩子添几件学习用品
今天在合计着
尽自己的力量为更需要帮助的再做点什么
昨天是普通百姓，今天是平民英雄
不是矛盾，不是突然，而是生命中的自然

谁都爱家，谁不爱家
李中萍她们三朵花，她们水仙三姐妹
硬是在坝上十一天没有回家
其实，家就在她们脚下

那体温,时时刻刻都能感觉到它

大坝上,水仙姐妹有了一个特殊的家
就像是捧着三朵花的花盆儿
那是有位辛先生给提供的一辆小轿车
星光下的大坝上,轿车成了一个亮灯的家
我敢说
这是世界上最好的发明
这是吉林人最可敬的创造

水中之花,洪水中绽放
应该叫作水仙花
平常的感情,平常的光辉
静静的英雄,平凡的英雄,平民英雄

在吉林抗洪救灾的英雄史记中
还能数出一串串、一排排、一片片这样的名字
他们是普通的吉林人,他们是平民英雄
是头顶上一闪闪的繁星
和夜幕里还在开放的水仙
是大堤上一只只的手电筒
和里面的蓄电池
他们内在的力量,叫永续
他们保持的精神,叫吉林

吉林大地一场透心的喜雨
——献给吉林国企改革成功暨攻坚战告捷

自打那排轰隆隆的春雷打动了天际
吉林大地就急切地盼望着喜降春雨
自打那阵呼啦啦的春风摇醒了草芽
吉林大地就热切地期待甘露落地
春天，一步步地临近，暖暖的季节向我们走来
改革的春风，开放的春雨，一直在徐徐北上
南风北上，有如南水北调一样艰辛走行，艰难进取

二〇〇五年，也是一个春天，这是一个吉林的春天
一场国企改革攻坚战的集结号，全线响起
国企改革的持久战，在吉林大地开始转战大进击
吉林开始了季节里的冲刺，改革专列呼啸地鸣响进站
　　汽笛
这是一次切实的及时雨，一场透心的喜雨，送来了荡气
　　回肠的深呼吸
这是一个山花烂漫的时节，到处弥漫着鲜花开放的芬
　　芳馥郁
国企再也拖不起，国企人再也等不及

改制、改组、改造，改革攻坚战摧枯拉朽，所向披靡
国企实现最后的交接、退役，吉林壮写了开创性的
　　改革战绩
最强大的伟力莫过于政策的落地，最有力的武器莫
　　过于到位的执行力
根治了"钱从哪里来"的顽疾，解决了"人往哪里
　　去"的旷世难题
八百一十六户国企，四百五十个日子，构成世纪的
　　彩虹，挂上天际

吉林国企改革这场透雨呵，把我们的心给浇活了呀
改革攻坚这场透心的喜雨呵，把我们的血给浇烫了呢
春雨没有顺着城市的街道流走，而是像沃野良田一
　　样，让心灵吸收、汲取
人心是最贵重的一片沃土，让改革的生命基因真正
　　地着床、健壮地孕育
下岗没什么了不起，国企职工再也不是人矮头低
自谋职业是个光荣的事儿，让我们找回第二青春的
　　自己
简单的生活很有规律，朴素的日子充满爱意
朝霞天天升起，太阳真切地暖进心里
云开雾散，一片艳阳，旭日晴天，一望无际
我们给国家做出过贡献，也成为过重负

我们走出国企，为国家贡献出新的自己
有过心理的失重，但重新开始替国家承重
从失重中找回自重，懂得人格的贵重
以人为本，不是说辞的本本，而是生命有了知音，人
　　生有了知己

三十年来持久战的拉锯，一年零三个月攻坚战的破难
二〇〇五年的故事，是吉林又一个春天的故事
各方矛盾的化解，平稳和谐的过渡
吉林的脚步，天天踏着春天的旋律
吉林的故事，天天向着春天的深处走去
虽然我们身上增添的铁，还有些许的锈迹
毕竟获得了血流所需的铁元素的补给
让人想起，第一辆解放牌汽车，在这里披红挂彩大进军
把新中国摇篮的绿色长诗，写成蒸蒸日上的国力
让人不忘，第一辆和谐号动车，用钢铁琴弦上的大提速
把共和国城轨交通的火红音符，谱写成壮阔的合唱曲
而今，思想的解放让泥土更加肥沃，真正的解放成为
　　吉林科学发展大品牌
而今，心中的和谐号让季节更加美丽，振兴东北让吉
　　林成为现代装备大基地

过去，春天的脚步太慢，姗姗来迟

今天,春天的步履在放慢,不肯离去
改革呵,你是外表冷峻,内心火热
远看你既敬重又畏惧,接触时既爱戴又亲昵
仰望春雨有如仰望改革,感奋春雨有如感奋幸福的日子
珍惜春天就像珍惜我们的福祉
透心春雨浇开的春天,已经成为精神营养,不会褪色,不会凋敝
千万次地追寻,千万里地相依,看啊
吉林国企改革已经一身盛装,荣归故里
我们记住改革的恩,记住改革的情,吉林的笑容最有魅力
我们和改革相聚,怀揣着太阳
心上淋着的是那场透心的喜雨,心里长着的是这满目挡不住的新绿

生命的台阶,生命的白

一

有这样一些人,忙碌在生命的起点
像启明星一样一点一点地驱赶黑夜
因为崭新生命的走来
总是需要踏着踩着明亮亮的台阶

有这样一些人,在护送生命的归去
像炽烈的夕阳最后一次对大地的吻别
因为新旧生命的衔接
既辉煌璀璨,也宁静壮烈

有这样一些人,警惕着生命的异动
像界碑边上的哨兵审视在生命的边界
就沿着这一些人用手臂放心地去来吧
因为这些手臂代表这些心地,拼接成了生命安然的台阶

这些手臂每天都在托举
这些寻常的托举寻常得就像是体内流淌的血液

这些手臂与手臂的相叠，铸就起生命上升的台阶
这些手指与手指的相接，恰似虹桥让生命光彩飞跃

老当益壮的生命需要勉励
凭仗着这一级级的台阶
稳健安康的生命需要鼓励
依仗着这一级级的台阶

拼搏康复的生命需要努力
倚仗着这一级级的台阶
痛苦奋争的生命需要胜利
仰仗着这一级级的台阶

一项准确的诊断帮助生命又踏上一级台阶
一个疗程的医治挽救生命再登上一级台阶
一脸信心的微笑助力生命又迈上一级台阶
一份养生的食谱舞动生命再跃上一级台阶

这是些美好生命的台阶
这是些天天向上的台阶
这是些最身边最平常的生命台阶
这是些最生动最珍贵的生命台阶

二

把科学的严谨化作精细的汗滴
把高超的技艺化作神奇的精彩
把内心的急切化作平静的爱
把满腹的心事藏起来

把满腹的心事藏起来
把内心的急切化作平静的爱
这就是我们,我们这些白衣天使
白衣天使姓白,姓白衣天使的白

白衣天使最知道什么是黑什么是白
白衣天使最能辨别得出假的黑与真的白
对生命有害的不利的哪怕是微小的全是黑
对生命友好的态度、亲和的力量都是白

白字的字形,在古文字里面就像一粒米
那就是一粒大米的白
虽然微小,但是那么可爱
虽然微小,但是聚集起来就是巨大的爱

一粒米,一厘米

一粒米的长度还不到一厘米

但它在生命的体内

拼接出成长的精彩,孕育出生命的气概

你看那一场场灭杀细菌的瑞雪飘来

所以,这些姓白的白衣天使是白雪的白

你看那一朵朵送来晴空万里的云彩

所以,这些姓白的白衣天使是白云的白

你看那一只只响着鸽哨的鸽群舒展地飞过

那是白衣天使的化身把迎接安康幸福的大门打开

天天早上给你全家送上生命的欢快

所以,这些姓白的白衣天使是白鸽的白

我们这些白衣天使,都姓白

一团热烈烈的火胀满了胸怀

神圣职责,让我们保有老白干儿那样激情的白

职业情怀,让我们保有白兰地那样浪漫的白

其实,我们这些白衣天使只姓一个白,也最愿意姓
　　这一个的白

这是一个关键的白、本质的白,进入这个职业就终

生不改的白

这个白,就是白求恩的白,是我们的终生导师白医生的白

我们都姓白求恩的白,那是高洁精神的白,神圣永远的白

我们都姓白求恩的白

那是高洁精神的白,神圣永远的白

我们都姓白求恩的白

那是神圣的白,那是永远的白

把信念的春天铺向天边

一

那是一个漫漫晦暗的午夜,长夜难明赤县天
那是一个风雨如磐的午夜,山雨欲来风云卷

那个午夜,是中国革命的突破口,民主自由的起跑线
中山先生的红木手杖,已经击响了中国沉闷的大鼓面
寻求中国出路的鼓槌,敲出了农历辛亥年的强音
共和宪政的风暴,一下子掀翻了封建帝制的老巢
武昌城头的枪响,却还在找寻着接续射出的子弹

那个午夜,是民族解放的起点,救国救民的大接力
民主、科学的火把,燃烧出《新青年》杂志的字里
  行间
燎原成野火烧不尽的五四精神
不在沉默中爆发,就在沉默中灭亡
真理要以赤胆去追寻,革命要以热血来流传

法租界环龙路老渔阳里二号,里程碑式的门牌据点

《新青年》编辑部里聚集了一队八〇后、九〇后的
　　新青年
那个在欧洲徘徊的幽灵，开始在东方落户
那个阿芙乐尔舰的炮口，开始在中国宣言
这一队不曾合眼的红色幽灵，瞪圆了理智而激情的双眼
放射捍卫真理、洞穿长夜的闪电，照亮了嘉兴南湖的
　　游船码头
一道闪电照彻了湖面，一只小橹摇动了红船
辛亥革命后的第十年，民族图腾的史诗重开新篇

二

民族解放的使命担上双肩，征战苍山如海，沐浴残阳
　　如血
理想和信念的种子发芽长大，身临云舒云卷，瞻望秋
　　水长天

一面是血沃中华、抗日烽烟的播火者，建立英雄的民
　　族武装
让人人都是一座长城的烽火台，处处皆为地道战、地
　　雷战
一面是普济百姓、土地革命的拓荒者，争取人民的民
　　生保障
让人人享有平等生存的权力，处处唱响保卫黄河、

保卫家园

就这样，一只小船撑载起一个不辱使命的大党
把一片南湖之水播扬成托起千山万壑的大海面
就这样，几把小橹摇大了一只中国进步的大船
把一颗颗精忠报效之心聚合出代代渴望、万千敬仰
　的共和国

这是历史的选择，信念的选择，民族的选择
但是，热爱没有选择，报答没有选择
面对母亲，儿子没有选择
面对祖国，人民没有选择
颔首来路旗帜火红，旗帜成为岁月的航标
瞩望前程红星照耀，红星成为内心的灯盏

多党合作的方针，似绿水深长，天地可鉴
统一战线的传统，如苍山灵秀，风光无限
共产党人以热血种下鲜花，以生命耕耘出鲜花般的
　信念
民主党派挽臂相随，倾心相伴，十指连心，聚拢成
　重拳

三

从午夜到黎明到清晨，还到了八九点钟的太阳高照，
　　是宇宙间的信念
从冬到春到夏，还到了收获果实、证实丰收的秋，
　　是大自然的信念
从童年到少年到青年，还到了顶天立地的壮年
这是人生的信念，是这支重磅集团、磅礴队列的信念
从革命到建设到开放，还到了任重道远的发展
这是祖国的信念，是让信仰成熟而饱满的信念

相见一九一九，相逢一九四九，相会一九七九
相识一九二一，相聚二〇一一，相约二〇二一
跋涉的谱系，修行的履历，馈赠的档案
革命时期三十年，建设时期三十年，开放时期三十年
犹如由石而为奇石又向玉演变的历史变迁的九十年
先前中山先生的天下为公，成为接下来的为人民服务
红色的信念成为金色的信念，又步入绿色长青的信念

世界的一切都有年龄，所以一切都将老去
世界唯有信念没有年龄，因为信念没有辈分
世界唯一能够永远的事情是信念

永远都是大高个儿威震日寇胆的三十五岁的杨靖宇，
　　是信念
永远都是认真懂事的十五岁的小妹妹胡兰子，是信念
永远镇定不乱的二十九岁的红姐姐江竹筠，是信念
永远忠于职守的二十九岁的烧炭同事张思德，是信念
永远微笑擦车的二十二岁的小叔叔雷锋，是信念

红色地角的十九大，崭新的里程碑
绿色天边的十九大，崭新的地平线

四

烽火硝烟的革命故事，信念不倒，那是爷爷们的前天
艰苦奋斗的建设故事，信仰不灭，那是父亲们的昨天
改革开放的创新故事，理想不枯，这是我们辈的今天
科学发展的复兴故事，追求不改，将是称呼我们父
　　亲的明天
还有称呼我们爷爷的后天

云聚云散，前辈和先贤以血焐热了这深沉而炙热的
　　土地
花开花落，吾辈和晚辈正以身心在烧制着不断保暖
　　的炭

坚定信仰就是坚信这亲亲的祖国
坚固信念就是坚守这暖暖的家园
信念是江山社稷的黄钟大吕
信念是天下民生的柴米油盐
信念的内涵，就是把一封重如灵魂的信笺，好好地传
　　念下去
念给一辈再一辈，念给明天、后天

信念的内涵，就是把一只载满眷念的信鸽，好好地放
　　飞出去
放飞给未来的天空，放飞给万里云天
让那些在路上的莘莘学子深信春天
并且，把信念的春天铺向天边，铺向天边
把信仰的春色染向天边，绿透明天，还有后天

春天的密码
——朗诵家乡长春六例

《春天的密码藏在我们内心》,应邀为二〇一〇年十月六日长春电视台长春市第三届道德模范颁奖晚会所作的主打诗朗诵节目;

《福到谣》,应邀为二〇一七年长春电视台少儿春晚所填写创作的开场歌舞节目唱词;

《微笑和梦想的缤纷盛开》,应邀为《城市晚报》二〇〇八年八月二十九日重点突出刊发而作;

《长春的精神花园不分季节》,应邀为纪念纪长秋烈士和弘扬城市精神活动而作,刊载于《长春日报》二〇〇九年十二月十六日;

《柳条书:百菜百才的长春城》,应邀为中国青年出版社"英雄中国"大型系列丛书二〇〇九年十月出版的《春天的品质:长春》所作;

《城市沿阳光的根须发达》,初载于《长春日报》一九九九年八月九日。

春天的密码藏在我们内心
　　　——献给长春道德模范们

福到谣

春暖花开

柳条书：百菜百才的长春城幕

长春的精神花园不分季节
　　　——献给纪长秋烈士和这座城市

微笑和梦想的缤纷盛开
　　　——献给欣月童话中的人们和还将发生的童话中的人们

春天的密码藏在我们内心
—— 献给长春道德模范们

当你从梦中醒来，东方红，太阳升
你会说，太阳照常升起
其实，这座城市的早晨，还升起了不同的内容
当你感到暖洋洋，眼迷蒙，心神定
你还会说，太阳照常伴我
其实，这座城市的清醒，源于两个太阳的比肩蒸升
除了自然的太阳，物质的太阳
还有精神的太阳，道德的太阳
在我们的迎面笑盈盈
在我们的心里笑盈盈

太阳的暖，春天的暖
暖透了我们这座城市
让她拥抱了一个特别的名字，长春
阳光的暖，心灵的暖
播发出城市春天的密码
让长春一年四季住进了同一个春天
春天就在一年四季里温馨孕育

静，能捂蛋孵鸡

动，可点石成金

物质和精神，是城市一双明澈的眼睛

善心和良知，是人和城市一年四季的暖炉

她们是一排厚重的密码

春天的密码，就藏在我们内心

善心为重，私心为轻

善心最为重，私心最为轻

或是雪中送炭，或是锦上添花

在你想要找人求助时，我已出现在身边，就像近邻

在我不好意思开口时，你已伸过手来，就像亲弟兄

紧要关头，仿佛从天而降，如约而至

真情时刻，仿佛同胞双妹，心灵感应

仿佛夫妻相偕，相濡以沫，默契一心

因为，春天的密码，就藏在每个人的内心

贫贱不移，宠辱不惊，心旷神怡

心悦诚服，雨后春笋，呼之欲出

逆境中，挣扎着刻苦启程

顺境里，保持住冷静清醒

从寻常的人群中一跃而出

又悄然回到人群里你我之中

不自觉中的壮举，将壮举寓于生活中的普通
不经意中的伟大，浇铸成不经意中的市民英雄
城市的密码，写满了春心
春天的密码，盛满了我们的内心

诚实守信，春水般流遍生活角落
助人为乐，春风般吹醉故友亲朋
见义勇为，春雷一样声震浩远
敬业奉献，春光一样气爽凝心
孝老爱亲，春色一样秋水铭心
道德传承，春华秋实，洗尽铅华，成为核心脉动
美德经过时间沉淀，成为最好的矿藏和宝藏
犹如春天的密码，深深地藏在人们的内心

把窗打开，放进无数个春天
把门打开，迎来所有的暖春
为我们的城市而骄傲吧
冬有冬的温暖，春有春的清新
为我们的家园而欣喜吧
晨有晨的清爽，夜有夜的温存
好城相拥怀抱着这么多的好人
好人簇拥托举着暖如春的好城
人人怀揣和谐的贵重

个个珍存心灵的黄金
春天的密码,就深深地藏在你我的内心

人格中最朴素的崇高,让春浸润得更加常青
灵魂里最原始的善良,让春唤醒得更加青葱
这一脉道德薪火,成为我们随身的温暖手炉
和我们相伴相往、不离形影
我们闭上眼睛也能找得到回家的路径
因为一座座路标在心灵里高耸
有了这生命里美善的风光
有了这生活中爱心的景深
只要懂得春,就会懂得感恩
天天的柴米油盐,同样绽放春的芳芬
每个人都是一份春天、一束春天、一片春天
这春天正在把所有季节照耀出无比美好的前程
因为长春春天的密码,永远珍藏在我们内心

福到谣

啊……
福地福分福运,把福音送到
福星福娃福宝宝,把大福拥抱
洪福,庆福,享福,咱们有福啦
过年,拜年,贺年,大家过年好

(白)太爷、太奶、太姥爷、太姥姥,过、年、好——
　　爷爷、奶奶、姥爷、姥姥,过、年、好——
　　爸爸、妈妈,过、年、好——
　　大爷大娘,叔叔婶婶,姑姑姑父,舅舅舅妈,大姨姨夫,小姨姨夫,过、年、好——
　　老师、同学,过、年、好——
　　天底下的哥哥姐姐、弟弟妹妹们,大家一起过、年、啦——
　　福到啦——
　　福、到、啦——

福地福分福运,把福音送到
福星福娃福宝宝,把大福拥抱

洪福,庆福,享福,咱们有福啦
过年,拜年,贺年,大家过年好

追赶的幸福,我们赶上了
追逐的幸福,我们追到了
盼望的幸福,在面前,来到了
想念的幸福,我们的福,到了

追赶的幸福,我们赶上了
追逐的幸福,我们追到了
盼望的幸福,在面前,来到了
想念的幸福,我们的福,到了

啊……
祝福啊生根,长出了幸福
幸福啊生长,滋润我们的欢笑
福地生福,我们向幸福报到
福运来到,我们都来拥抱

洪福,庆福,享福,咱们有福啦
过年,拜年,贺年,大家过年好

春暖花开

在花朵的根部
有一群默默勤劳的蚯蚓
秉承雪花的献身气概
把初春的新土垦殖铺排

在春天的深处
有一群孜孜以求的春蚕
报偿阳光的哺育情结
让季节的内涵吐露现代华彩

哺育这座城市的是勤恳的建设豪杰
滋养这个时代的是诚挚的精神英才
这座与春天连着血缘的都市
自然的春天和精神的春天并蒂花开

这里不是经济巨人但却是文化骄子
迸发的艺术才情壮写精彩
这里不是物质的高山却是精神的深海
升腾的文化底蕴激流澎湃

十年磨利剑,用心血点染
十年育精品,用心灵灌溉
约会了一生的红河谷,还是走不出
驾辕了半子的三套车,总是离不开

像一片常青的针叶松柏
从无张扬地坚守莽莽林海
像护卫自己一生的所爱
倾注所有,相伴永远,痴心不改

钟爱这片茂美的精神植被
守候这片葱茏的文化生态
为大山常绿而人生常青
为自然常青而生命常在

这群花一样美丽的人就在我们中间
这些春一样动人的心和我们在一块儿
斑驳的岁月才有阳光抚慰
风雨的日子才有春光感怀

抬起头来
天高云白
伸出手去
春暖花开

柳条书：百菜百才的长春城

一束柳条把我和同乡引进这个城门
大门自由敞开，想象的阳光倾城一样弥漫
那谁说，老工业基地就是一棵不爱说话的白菜
却紧紧抱住内心的清白，长春就是这样的自在，坦率
只不过长春不是一棵白菜，而是一批白菜
像是玉白菜，翡翠白菜那样，百菜百才
长春的城门就开成了大学的门，科学院的门，城府
　就深了去了

一束柳条把我和同乡引进了这个城门
康熙爷，还有乾隆爷把柳条的子子孙孙
安静地留下来，这片水土就有福了，孵出一万个春天
柳条就一口气出落成隽秀的女儿墙，长春墙
柳条用柔韧的形体编织了各种的篮子，太多的摇篮
长春就像块蛋糕，被切分成味道分明的四季
城市就住在了汽车里，藏在了电影里，躺在树荫里，
　静思在大学里

一束柳条把我和同乡引进这个城门

长春，柳条编城，柳哨鸣阙，载着心中所想
奔向心中所爱，柳条把城市慢慢地摇，文，文静，文
　　文静静
淡，散淡，散散淡淡；漫，散漫，散散漫漫
摇啊摇，特定的文化在此抛锚筑巢，中国规模最大
学科最全的综合大学，中国最大的职业技术学府
给这座为"两弹一星""神舟飞天"注入核心技术的
　　城市平添注脚

一束柳条把我和同乡引进这个城门
长春是枝柳条，满是茸嘟嘟柳色芽苞的柳条
一直抱紧自己粉绿的初衷，向着自己的初衷生长，奔跑
先河涌流着，涌流成新中国开创性科研贡献最为众多
　　的城市
新中国精尖科技最为领先的城市，想念起同一纬度那
　　边的那面
镜子，仅查尔斯河畔的剑桥镇就藏着哈佛和麻省理工
两朵春天，让马萨诸塞州的波士顿成为华人昵称博士
　　屯的大学名城

一束柳条把我和同乡引进这个城门
中国光谷，光电领袖，中国生物谷，生物权威
中国光学人才摇篮，中国航天员摇篮，逐一向世界名

城看齐

东方的季节只给长春一条柳枝,长春就成就了这么
大的春天

柳条是这座城市的天才,长春这枝不服季候的柳条
一直抱紧自己粉绿的初衷,向着自己的初衷生长和
奔跑

长春要做东方的波士顿科教名都,目标是奔跑成东
北亚现代文化名城

一束柳条把我和同乡引进这个城门

睿智城阙,卓越创举,为长春的柳哨润透了儒雅的
基因

学问好样样好,底蕴深样样新。优雅的电影情结重
新落雀成窝

正在成为中国的好莱坞,东方皇家级的星光大道,
金光大道

雕塑名城的身价和冰雪运动的天堂,都在比拼世界
名城奥斯陆

五彩缤纷的会展基地和高歌猛进的轮动产业

正直逼成中国的汉诺威、中国的底特律,掘金东方,
驾驭中国

一束柳条把我和同乡引进这个城门

大门自由敞开，想象的阳光倾国倾城一样弥漫
呼吸大世界，吞吐东北亚，柳哨把城门鸣开得更大
把城市名气托举得老高老高，笑傲地比肩波士顿的剑桥
我可以证明，长春还在好好读书，天天向上呢
城市就像小时候的学校，该笑就笑，该静则静，上课了
阳光委派麻雀在洒了水的操场上踱步，骄傲

长春的精神花园不分季节
——献给纪长秋烈士和这座城市

长春的精神花园不分季节
秋天一下子泪花盛开，菊花盛开，鲜花盛开
城市把心打开，捧出滚烫的情愫
露出生动灵动的那一面，是春天般的毅然
放出无限衷肠的那一面，是秋天般的热烈
泪花盛开，菊花盛开，激越而婉约

长春的精神花园不分季节
季节把常开的大门更加悠然地打开
整个城市在新的记忆里款款漫步
在诗意里、春意里漫步
在人情味中、幸福感中漫步
漫步成又一朵花，并且开放成特别的纪念页

长春的精神花园不分季节
一个叫纪长秋的好人是七〇后
出生于秋，绽放于秋，灿烂于秋
收藏于秋，常在于秋，荣耀于秋，

这座城市的秋天更加丰厚了,更加值得怜爱了
这座城市像母亲为儿女的长大,而喜极而泣

长春的精神花园不分季节
见义勇为与见利忘义,义字的位置退后,大壤之别
见义乐为和为义而为,这是个义字活在寻常、乐在身
　　边的城市
两千人为女童欣月实现愿望,升起的是一个义字
警花登楼劝解生命,用的是一个义字
长秋在长街上的奋不顾身,又写下一个义字

长春的精神花园不分季节
正义和道德,是人和城市的两个肩头,两只明澈的眼睛
两肩欠平,天地就倾斜,季节就错乱
望穿秋水,长天下的不可辱、不会污的秋水
护卫他保卫他,让城市成为永恒的季节
这便是秋天的根基,春天的源泉

长春的精神花园不分季节
善心和良知,是人和城市任何季节的暖炉
心心向暖,心心是暖,心心正暖
春孕育着秋,秋再生着春,长秋又一次给城市添了灿
　　烂的暖

城市母亲不仅为儿子闪着泪光，泪光中绽放笑纹
城市母亲更为儿女而骄傲，欣慰的笑容无比亲切，
　融化一切

长春的精神花园不分季节
千秋万代是什么，该留给千秋万代的又将是什么
这座城市在菊花绽开的时候又一次书写
为城市永续的长绿而前仆后继，而义无反顾
哪怕是一片花瓣，或者是一丝绿风
都是城市密码里的精神储蓄，春华秋实的城市气血

微笑和梦想的缤纷盛开
——献给欣月童话中的人们和还将发生的童话中的人们

题 记

发生在长春市的"欣月童话"事件轰动全国,引起海内外关注。八岁女童欣月因脑疾病致使失明,生命危急中的她最大愿望是去北京看天安门广场升旗。但病情不宜颠簸。为圆其梦,长春市民两千人扮演不同角色,在长春虚拟了天安门广场,举行了庄严的升旗仪式。

因为梦圆与和善,小欣月奇迹般延长寿命九百天,直至二〇〇八年八月二十五日安然归去。我与市民一同相送,深感市民可爱,童话纯美,创作此诗,献给欣月童话中的人们和还将发生的童话中的人们。

难怪人说,就是闭上眼睛也看得清
春天的行踪,我的这个报春的城市,一向
花草馨香,惠风和涌,这里的人们
都爱咏诵《假如给我三天光明》
领略高尚心灵,像海伦·凯勒的热爱一样
关注每一个人,让微笑和梦想相拥
这座城市就把每位市民当成身边的海伦
每位市民把城市当成海伦心目中的圣境
仿佛随手触摸的一株绿树,或者
任意部位的一处街景,八岁的欣月
和大家的童话,温婉而出
如早晨的玫瑰红云,我这很是天真
烂漫的城市,把普普通通的微笑
折叠成连绵的太阳鸟的翅膀,沿着阳光
无穷的跑道奔行,编织出梦想成真的穹隆
合唱悠扬,东方的维也纳金色大厅

那一出温情的童话,从未间断温暖的弥漫
甚至盛夏的季节里也泛着春风
那一场梦想的花开,解读十年树木百年树人
心的沃土上扩大着浓荫
一个美丽的谎,一次美好的假
书写一种暖一个春一座城

一个报春的方式,一种感恩的生态
世界原本美好,生活本不沉重
微笑出面作证,作证心灵的和善
作证生命的坚韧,倾城之爱的两千之心
迅捷地构建起金字之塔,城市拥有了
心灵上的天安门广场,奏响国歌的圣音
心灵的晴朗清晨和太阳一起升旗
美丽的谎言打扮了这座城市,也成就了
美丽的真相。生命是最伟大的真相
人生是最贵重的真相,最真相的城市
相拥着烂漫的人群,他们的真实姓名
叫珍重、叫忠贞、叫爱、叫童心
春天,是我的城市最经典的梦
人生长与短,城市浊与清
梦想最平等,心灵上的真实
一直活在从梦想到实现的路上
梦想一直在真实的路上,梦想是生命的
盐,梦想是生命的盐和髓
缺失梦想的生命是糠心的萝卜
梦想花开的声音需要知音来听

欣月喜欢自己的名字,喜欢微笑
喜欢用微笑面对一切,喜欢

向她微笑的那些张笑容
她说,月儿总是在笑,不是满意的
月牙笑,就是开心的月圆笑
月儿是天上出了名的自由之鸟
天宫是梦想的大鸟巢
她还说,金秋来了,大雁又南飞了
它们还是在写那个大写的人字
这次是邀我进入雁阵
我在大雁的行列,很荣幸
天上的日子,让我更想念家乡的人
让人想起,想起在九台池塘边
那个午睡,被几只雏鸭鸭扰醒
它们那么快活地游来游去,原来
它们每一只,用身后的水纹
写的都是大写的人
并且越来越大,真好
我就去问雁们,有什么梦想没有实现
我用学着家乡人的样子
为它们编织《鸿雁童话》

感谢微笑,感谢梦想
只要心存梦想和追求
一条小河都会比大海还宽

这座城市不停歇地筑梦，筑巢
也许正是与北京奥运一脉相承，异曲同工
北京奥运会，让各色皮肤的人实现圆梦
一个中国给整个世界
"同一个世界，同一个梦想"
长春童话，帮助一个人和各种年龄的
一个个人实现圆梦
一个城市给它的市民
"同一个梦想，同一个微笑"
都是在用微笑浇灌梦想花开
都是一轮月辉，都是一束阳光
你是你的我，我是我的你
交流会有交锋，交锋才能交融
价值发现，价值发掘，价值发展
微笑和梦想缤纷盛开，喜人诱人可人

娜芙普利都大祭司将赫拉神殿圣火
在火种钵里呼地点燃
我们每一个人、每个内心
都有这样一只火种钵
都把它圣洁捧举，神圣祷祝
微笑之钵，梦想之钵，春天之钵
所以关于春天的行踪，圆梦的行踪

就是闭上眼睛也一样看得清
你只会感觉城市周身长满磁场，浑身放射磁力
那是城市和人的晶莹剔透，甚至大美无形

雪里梅朵
——开放的温暖三例

《长春好人》,以《诗人公木》《科学家蒋筑英》《小巷总理谭竹青》三首短诗构成总标题的组诗,为二〇〇七年"中国,有座城市叫长春"全国诗歌大赛上罕有的以人物切入的作品,获得了中国作家协会《诗刊》社优秀作品奖,刊载于二〇〇八年第七期《诗刊》、二〇〇八年六月长春出版社出版的《中国,有座城市叫长春》诗歌作品选。

《伊图:雪里梅朵》,作于二〇一〇年十二月七日夜长春,刊载于《文化吉林》月刊、《北斗诗刊》《吉林名人》双月刊等。

长春好人（组诗）

伊图：雪里梅朵
——写在长春籍作家梅娘女士九十诞辰

向我们开放的一片葵花，叫暖

长春好人（组诗）

诗人公木

东中华路的院落，公木的门窗虚掩着
这里从来没有不速之客
先生刚刚还在书房，风从虚掩处悄然进来
轻抚着那心向太阳的花腔
盆养的剑兰默写着向前，向上
涵养的菊谦逊委婉出英雄赞歌的辉煌

延安的种子，让黑土地捂热，抱大
还拉扯出旺旺的火来
看那刚毅的烟灰，挺立着粉笔一样的白亮
平常的一课，让先生讲得气血飞扬

科学家蒋筑英

一条流星画线，总是在他注视的天边
那件外套替路长琴温润地抱住他，筑英
用一只手扶住另一只臂，欣赏那一道光

直到把前胸烘得滚烫
他说,虽然一闪,但那一闪不会让人遗忘
一枚瑞英,成为城市早晨的源和元
针头大小的光纤给注目成一粒钻石,折射天光

只有走进温暖,才能感受到一粒质子的分量
像一块温润之玉,默无声响,吸储四方
一生钻研光学传递函数测量
一生传递春光

小巷总理谭竹青

谭姨一抹汗,抹出满脸的笑
谭姨就在房后,忙,像东站的汽笛不停地响
火车总在过那个岔道,那节奏立了起来
成为密密匝匝的红砖,人字形铺排出一条条小巷
那上面满是大家的行走坐卧、吃喝拉撒、鸡毛蒜皮
天黑最怕她,因为她到哪里哪里亮

人家不是心堵得慌么,人家不是有难处了么
人家不是没招了么,人家不是没门路么
人家不是信着咱了么,人家不是把咱当成
比自家人还自家人了么

伊图：雪里梅朵

——写在长春籍作家梅娘女士九十诞辰

第一首

你的身后，伊图封冻。伊图的持续封冻
证明那是封冻时间最长的冷天，证明
那是雪天，雪季，雪年，冰雪覆盖的年代
雪沉呵，压得人心里生疼
雪盘踞在伊图两岸，你被压抑在
伊图西岸，双桥子幸而暂栖你身

你的身边，弥漫弥天的雪，满是满满的雪
一片片，一阵阵，凛冽、疯狂、狰狞的雪
伴着低音的北风，恰似蝗群过境
凝结成坚硬，砸下来，砸得黑土地
闷闷得一时都透不过气，让人心梗
面对过境的蝗虫，你在伊图岸西站立
隆起的两侧堤岸在悄么声地传递：国破山河在
砸闷的土壤在雪底下默默地刻印：城春草木深

第二首

休眠的故土下面孕育着别样的声音,故土
别样的休眠,有些去了南方,悲愤地化成梅雨
而你就在北方,就在长春,坚挺成寒天之梅
和梅朵儿,把自己团起身子,仿佛回到母亲的
子宫,梅的骨朵儿是比雪还雪的雪
比梅朵还骨朵儿的朵儿,雪再硬也坚不过

骨朵儿,雪再坚也包不住火,包不住
火一样悄悄燃起来的梅,把火凝结成花
那粉红一点,表面上的心如止水
内心里的呼啸奔腾,那粉红醒目的一点
凝进笔尖,一如国医针灸之捻动的银针
关于人性关照,关于挣扎自救,把愤懑
以粉红为释放,以惨淡的花的方式释放
以美得无声而坚硬的水晶之心,和雪天博弈

第三首

城春草木深呵,草木深在城春
先是瑞草一根,后是梅朵一点,一瓣
伊图悲悯的梅朵,向奴役示意"不",向锁链明示"不"
以特异的躯形,站成几乎让人在雪漫漫中
误解的一枝,你个性得让人点头,让人心疼
成为伊图边上保有回味的收藏,生动敬爱的收藏

你说,梅娘就是没娘。没娘的孩子,没娘的
女孩,却有娘一样的心智,用写作去扛顶
那么大的雪天。那些个天,谁是有娘的孩儿
谁不是离娘的骨肉,没人不被压在厚厚的雪履之下
梅有和梅一样的傲骨,娘有和娘一样的慈爱
关东的地理,打磨出节气的性格,还品鉴出
气节的品相,梅以凌霄之志生发为力,以土给力,
　点化
季节,骨朵儿就要张开拳头,伸出晴暖,去触摸天空

第四首

伊图岸畔,低回出火一样开花的声音
一粒土也在向上挺腰,很多粒土聚集成
坚硬的颗粒,一个骨朵也有骨朵般鲜艳
而耐力的自信,所以握得很紧,攥得很有力
城市的那夜,映于雪映出血,冷凝为梅朵
生发出黑土地的体温,还有土壤下柔韧的湿度

四季终有回归,一朵叶片也是辉煌
梅一般点染的四季分明里,每一朵叶片
都是珍藏,一瓣瓣,一枚枚,一朵朵
就像一叶知秋,一如一绿知春
你是黎明里的疼痛,雪天里的疼痛,却让人
暖得脸颊通红,通红。一梅以知冬
蘸着心血、滴着心血的梅朵儿,一见如故
一枝佩以城市,让城市插于佩簪处,别住发髻,足矣

向我们开放的一片葵花,叫暖

第一首

向我们开放的一片葵花,叫暖。那一片葵花暗恋着
一字排开或者一簇聚来,有礼有节,站成阳光的雕塑
笑得比大豆的金黄还灿烂的大圆脸,是雨露托的梦
长得比高粱的个头还结实的大群族,是太阳产的子
把成熟的爱摆到大坡上,不再盟誓。秋水汪汪,不
　留痕迹
把季节漫进笑纹之中,看似漫不经心,却思来想去

落了籽的葵花还是花,是更灿更艳的花,它用籽粒
　说话
用盛开的姿态丈量生命的宽度,用无声的绚丽天天
　记着日记
大脸盆一直是太阳走下神坛的化身,端着满漾的圣光
大脸盘一辈子都在洗脸,在净身中养成,洗礼中净心

到葵花中来,和葵花握手,向葵花致敬。虽然不像
　军礼

但很庄严,我们并肩行进在时光里,默诵太阳的诗句
像管风琴的琴键一行行整齐,一层层开放,一次次
　　和声
葵的视线的放射,成就了植物中的大家闺秀,大葵,
　　大魁。

第二首

向我们盛开着一片葵花,叫暗恋。有一种黑亮的籽
　　粒,叫暖
在城市的背向从容静思,漫天漫地,自在呼吸
让阳光缓慢些,柔曼些,浪漫些,仿佛还是青枝绿叶
经过日子烘烤,季节浸泡,时光风化,岁月腊渍
一翘首就望见秋阳,一踮脚又抓住春风,是春天的
　　大后方
葵花打籽就像女大十八变,一变就是大大方方、堂
　　堂正正的大脸盘

这一次圣诞,把盘子和一盘的籽粒端给谁
这一次盛宴,盘子里面的阳光很饱满、很圆润
盘子边沿的托飘,像小旗抖动得很飞扬、很俊秀
没有什么比盘子里生命的细节更生动、更物化、更
　　具体

结晶之瓢一直保持着水滴的形状,冷静过的汗水和思想

细碎的阳光被斜密地种植,被刻出精神的深痕

端起美丽的盘子歌唱成熟,捧起酿蜜的大蜂巢歌唱秋天

太阳不说话,葵花不说话,很多话语都用籽粒来说。大魁,大葵。

长春好人
——歌诗同源清唱剧十六曲

题 记

真理,有时以道德光芒的样态
聚焦人们敬重的目光!

《长春好人》,大型交响清唱剧、全剧十六曲,刊载于《轻音乐歌词》《音乐文学》双月刊二〇一二年十月第五期,为此刊多年来第一部大型合唱剧作品;其中,曲十六《春城赋——家乡长春处处春》等单曲刊载于《词刊》二〇一一年第六月期、并上要目,曲十一《鹿回头——草根法官王绍精》取自二〇一一年六月四日创作广播剧本《草根法官》的主题歌《天地仁心鹿回头》,二〇一二年二月二十六日至三月十二日阳春三月成稿。

幕　次

序　曲　美善倾城

曲一：温柔城——花好月圆道德颂

第一乐章　精神传承

曲二：太阳松——太阳诗人公木

曲三：光明行——科学赤子蒋筑英

曲四：种春风——小巷总理谭竹青

第二乐章　他乡美名

曲五：绿骏马——勇拦惊马刘英俊

曲六：远烛情——边疆支教冯志远

第三乐章　平民英雄

曲七：织锦绣——田野巧手齐殿云

曲八：火赤诚——雷锋式工人李放

曲九：隐身星——见义勇为纪长秋

曲十：玉冰心——最美女警王玉辉

曲十一：鹿回头——草根法官王绍精

第四乐章　璀璨群星

曲十二：美丽家——代理妈妈天地爱

曲十三：雷锋车——大回小回的哥群

曲十四：月亮树——欣月童话倾城赋

曲十五：醉春天——民生典藏和谐曲

尾　声　道德接力

曲十六：春城赋——家乡长春处处春

序　曲　美善倾城

曲一：温柔城——花好月圆道德颂

柳条边上城，
传承柳叶青；
母水伊屯河，
古来浩荡行。
敞开钟灵地，
亲迎闯关东；
各族同心结，
春光醉倾城。

百年柳叶青，
仁德老根深；
花好月圆时，
睦贵祥和春。
恩念真情暖，
厚脉大爱融；
天籁风雅颂，
美善筑春城。

第一乐章　精神传承

曲二：太阳松——太阳诗人公木

延安宝塔辉映东方红，
延河流水滋育英雄情；
挥之不去胸中杨家岭，
痴心不改立身抗大松。

走向太阳的战士诗人，
气血飞扬，为太阳而生
拥抱太阳的师德学人，
率真执着，为钟情而生。

军歌嘹亮逐松身高洁，
仰望天空，引精神永存；
学问精粹似松塔饱满，
守望太阳，让信念长青。

博爱永远，眷恋永远，
大道之行，公木为松；
真理永远，追求永远，
大道之行，尊者师公。

曲三：光明行——科学赤子蒋筑英

总是在浩瀚的星空里苦苦追逐，
摸索光的路径，为科学开辟绵延通途；
确是在幽深的天穹下风尘仆仆，
探寻光明的行程，为人生捧出绚烂光谱。

知难而进，矢志不渝，
在寂静的遨游里品读孤独；
克己奉公，赤子报国，
在自由的飞翔中朗诵幸福。

精诚慰冷暖，坚贞醒后人，
把一条光灿灿的道路铺筑；
丹心写汗青，肝胆映慷慨，
把一个科学昌明的世界构筑。

一枚宝石，注目成凤冠霞帔；
一颗亮星，引领出中国星宿；
泪眼模糊，读懂了你的守候，
坚守追求，没有理由停留。

曲四：种春风——小巷总理谭竹青

多好的一条条小巷子，
隐没在春城的社区里；
有多少条这样的小巷子，
就有多少关于你的幸福传奇。

多好的一位小巷总理，
大家亲近地叫你谭姨；
有多少人想起了你，
就是多了多少个小巷总理。

和颜悦色乐融融，春风吹透好邻里，
和风细雨情依依，春色尽染好亲戚。
那足迹，把小巷踩成城市家谱，
那笑脸，让小巷托出中国记忆。

咸吃萝卜淡操心，讲的全是情和意，
铁杵也要磨成针，功夫就在做到底。
一潭水，冬暖夏凉清澈见底，
枝叶青，春风绿意一年四季。

莫道小巷短,人间真情长,
同祖同根亲,修来好福气。
走街串巷种春风,
吹旺所有的好日子。

第二乐章 他乡美名

曲五：绿骏马——勇拦惊马刘英俊

在我们面前，你就是高大的骏马，
阳光下，叔叔英姿勃发；
勇拦惊马时，你是一匹更大的骏马，
为了生命，叔叔前来护驾。

我们是生命的嫩芽，
不容许任何形式的践踏；
一身的绿军装，
代表蓬勃春天护卫我们长大。

总是那笑脸，和雷锋叔叔一样的甜，
帽徽上，红五星一样的大；
牺牲的时候，你比雷锋还年轻一岁呀，
二十一岁，永远的青春年华。

一辈辈生命的嫩芽，
敬仰叔叔这绿色的骏马；
从那一年出发，
两座城市成了亲近的一家。

曲六：远烛情——边疆支教冯志远

一支远烛，
把远行的人儿照耀；
一抹粲笑，
把远情的路儿铺满。

东北黑土地上一片远情，
坚韧成西北驼铃深处一块黑板；
松辽平原点燃的红烛，
闪亮成腾格里沙漠上不倒的教鞭。

大半生支教边疆，
大人生山高水远。
信念路遥，志向光灿，
仁德春风，情润杏坛。

启大智立身树人，
著经年诲人不倦。
贤德师表，名扬垂范，
人间远情，烛照高天。

一支远烛,
把远行的人儿照耀;
一抹粲笑,
把远情的路儿铺满。

第三乐章　平民英雄

曲七：织锦绣——田野巧手齐殿云

一朵彩云，
从遥远的田野飘来，
携着阳光的清香，
带来米粮成熟的浓香；
那朴素的笑脸，
成为预兆明天的火烧云，
点燃了家乡黑土地，
烧出个金玉满堂。

一面红旗，
在淡远的小乡飘扬，
映出苦乐年华，
闪耀小乡精神的光芒；
那宽厚的大手，
打出拯救命运的旗语，
编织了田野锦绣，
书写了壮丽华章。

以守望的本分，面对桑田变幻，
以热爱的执着，坚守奋发图强；
让彩云长久栖落在良田沃野上，
让红旗永远飘舞在光荣的故乡。

曲八：火赤诚——雷锋式工人李放

平生就是这样如火，
铸丹心，播温暖；
心怀旺旺的火炭，
随时随地，你在我们身边。

平生就是这种品格，
留暗香，成眷恋；
热爱铸就了奉献，
何时何地，你在我们身边。

平生就是这种情愿，
无停歇，无疲倦，
隐身于大家中间，
无论如何，你在我们身边。

集腋成裘,小善大爱,
雷锋薪火,徐徐相传;
你的心,安放在大家的心间,
你的爱,绽放在所有人心田。

曲九:隐身星——见义勇为纪长秋

一个义字让你奔过去,
一种自觉让你追过去,
面向突发的凶残,
一个箭步,树起了春秋正义。

一个勇字让你冲上去,
一种精神让你扑上去;
面对飞来的枪弹,
一个虎跃,挺直了千秋侠义。

奋不顾身无反顾,
见义勇为行大义。
你为城市亮出筋骨,
城市因你挺拔壮丽。

人海一粟却无奇,

无言星座正炫丽；
融在万家灯火的光艳中，
亮在温暖芬芳的阳光里。

曲十：玉冰心——最美女警王玉辉

有一种花的绽放，
托举了整个城市的妩媚；
幸福担当，灿若明霞，
漫漫的馨香催开心扉。

有一种玉的秀美，
凝聚成万家灯火的陶醉；
有勇有谋，情深似海，
静静地洒满圆月清辉。

春城胸前一块玉，
温润绵延，吉祥如意；
一片冰心在玉壶，
平安女神，清新壮美。

曲十一：鹿回头——草根法官王绍精

草根善心鹿开头,
真情传递鹿领头,
恩重如山鹿点头,
天地仁心鹿回头。

山高水长鹿叩头,
忠诚厚土鹿从头,
和谐阳光鹿当头,
天地仁心鹿回头。

鹿回头啊爱深厚,
草根岁岁织锦绣。
鹿回头啊情永久,
草根共享好春秋。

第四乐章　璀璨群星

曲十二：美丽家——代理妈妈天地爱

不是母亲胜似母亲，
不是亲妈胜过亲妈，
妈妈，妈妈，
我又有了家了。

不是亲生胜似亲生，
天地有爱代理妈妈，
孩子，孩子，
咱们是一家了。

春蕾计划送福音，家乡满天霞，
一扇扇柴门又开了，笑脸闪出泪花；
代理妈妈两万多，春城大感动，
一个个生命新生了，季节灿烂勃发。

没有血缘的母爱，也天高海深，
幸福着我的幸福，我快乐地认妈妈；

接续血缘的母爱,更至高博大,
感念着我的感念,我温暖地喊妈妈。

不是亲生胜似亲生,
天地有爱骄傲妈妈,
孩子,妈妈,
构成美丽的家。

曲十三:雷锋车——大回小回的哥群

大回向左转,小回向右转,
大街小巷通向爱,回到哪里都是情;
大回迎吉祥,小回接和顺,
最是春城好发明,回家一路乘春风。

这里是全中国第一个雷锋车队,
车轮转好运,车笛报佳音;
把握好所有人回家的方向盘,
做的哥好人,留春城美名。

这里有全中国第一个雷锋社区,
人人有善行,天天长精神;
都是那不会走远的好雷锋呦,
光阴分秋冬,心中暖如春。

大回向左转，小回向右行，
每年一大回树木醒，每天一小回太阳升；
大回迎吉祥，小回接和顺，
好人一路乐奔忙，好人一路品芳芬。

曲十四：月亮树——欣月童话倾城赋

有一棵树叫月亮树，
只有这座城市才生长出了月亮树；
在这棵神圣树的庇护下，
城市是一片宁静祥和、波光潋滟的湖。

有一片湖叫月亮湖，
只有这座城市才让月亮愿意长驻；
在这片圣洁湖的滋润里，
城市是一棵挂满温柔、结满明月的树。

一个人为两千人是英雄举动，
两千人为一个人是文明风骨；
好人的天空，明月皎洁，
好人的天地，夜如白昼。

两千人为一个人升起一面红旗,
两千人为一个人种上一棵绿树;
好人的天空,挂满温情,
好人的城市,铺满幸福。

曲十五:醉春天——民生典藏和谐曲

一滴一滴的春天汇成满园春,
一丝一丝的光亮聚成太阳升;
满城鲜花是盛放的谢忱,
徐徐馨香是弥漫的崇敬。

楼道暖流,社区文明,
平民歌手,草根诗人;
你扶我一把,我伴你一程,
春天萌发在每个人心中。

社区清风,全城春风,
春华秋实,陶醉春城;
彼此相欣赏,相互受尊敬,
春天萌发在每个人心中。

一滴一滴的春天汇成满园春，
一丝一丝的光亮聚成太阳升；
蓄积小善，典藏大爱，
好人接力赛，文明远征军。

尾　声　道德接力

曲十六：春城赋——家乡长春处处春

春风唤醒森林城，
梅花落在金鹿身；
花香飘送鸟语飞，
北国之春最传神。
绿涌净月潭，
染透杏花村；
广场拥含笑，
长街铺春讯。

一步一层天，
步步喜盈门；
春打城中生，
春色满乾坤。
一天一个春，
天天福满门；
长春日日新，
长春处处春。

绿风萦绕大学城,
科学创新春色深;
智慧滋育常青树,
北国之春最传神。
君子美如兰,
心地贵如金;
大气又宽容,
自强更奋进。

一步一层天,
步步喜盈门;
春打心中生,
春光满乾坤。
一天一个春,
天天福满门;
长春处处春,
长春日日新。

剧目创作主题词
——策划概要

一、好人

在二〇〇七年"中国,有座城市叫长春"全国诗歌大赛上,我以《诗人公木》《科学家蒋筑英》《小巷总理谭竹青》三首短诗构成总标题为《长春好人》的组诗,成为大赛中罕有的以人物切入的作品,获得了中国作家协会《诗刊》社优秀作品奖。这也在全国文艺作品中首次创意启用了"长春好人"这个专有名词。

二、道德

在二〇〇九年,我应长春市地方志编纂委员会等的邀请,担任长春市纪念新中国成立六十周年大型纪念典籍、长春出版社二〇〇九年九月出版的《长春,以共和国的名义(一九四九——二〇〇九)》执行策划和总执笔;二〇一〇年,我应邀为长春电视台全国道德模范晚会暨长春市第三届道德模范颁奖晚会创作了大型主题诗朗诵节目《春天的密码藏在我们内心——献给长春道德模范们》……所以，此交响清唱剧加入副标题《——献给美善长春的道德感动》。

三、典范

对于歌唱角色的遴选和整体精神造型，由生发于和原发于长春城市的十位个体典范和三组群体典范铸就；其中有，六部故事影片的原型人物，三位"一百位新中国成立以来感动中国人物"，三位"感动吉林"十大人物，四位"感动吉林"人物候选人，两位共和国英雄谱中的长春骄傲人物，还有全国第一个雷锋社区群体，简称"六三三四二一"。

四、交响

以大型交响音诗合唱或称大型视像清唱剧的形式，以交响演奏、合唱、独唱、对唱等声乐扮装演唱方式，以诗的叙述贯穿、视频背景的音乐组歌形式，立体地艺术表现长春好人群像与群像中的典范，填补了一个城市历史的空白……

长春笑微微
——诗风唱诵十四咏

《前线的好妈妈》，获得全国征歌银奖第一名，刊载于二〇〇三年五月二十四日（歌）、十一月三日（词）《吉林日报·东北风》、吉林音像出版社二〇〇四年二月出版的《歌唱吉林新风貌歌曲集》；

《天上的长白山》《露珠》刊载于《词刊》二〇〇九年第九期、上封面要目，《长春处处春》刊载于《词刊》二〇一一年第六期，《三百年的夫妻树》《白求恩还在我们当中》刊载于《上海歌词》，《报春的城》刊载于二〇〇八年八月七日《长春日报》、九月十七日《吉林日报·生活快报》；上述所有作品刊载于《音乐文学》双月刊；

《天上的长白山》歌曲入选央视二〇一三年春晚推荐作品；

《露珠》收录于二〇一一年《人民日报》主办、光明日报出版社大型献礼卷集《中国共产党之歌》，上述六首收录于二〇一八年八月中国文献出版社《春风吹过四十年——中国改革开放四十年颂诗精选》。

天上的长白山

三百年的夫妻树

露珠

老同志是块宝

吉光照耀吉林

报春的城

长春笑微微

飘动的绿岛
　　——长春公交之歌

欢乐兄弟
　　——长影世纪城主题歌

白求恩还在我们当中

身边的延安
　　——吉林延安医院院歌

心中有座宝塔

前线的好妈妈

小麻雀食阳光

天上的长白山

啊,天上的长白山……

天池水汪在天上,
美人松笑在天上,
人参花开在天上,
天上的长白山在天堂。

云在天池的手上,
水在美人松的头上,
天在人参花的心上,
天上的长白山在天堂。

青春在上,故乡在上;
爹娘在上,吉祥在上;
前程在上,思念在上;
天上的长白山,让我壮志飞扬!

啊,天上的长白山在天堂……

三百年的夫妻树

伴着前奏曲的吟咏：
三百年前，一对青梅竹马的情侣，
拥抱出生死分不开的长白山传奇。
他们化作一松一桦两棵树相拥而立，
松桦之恋三百年，可歌可泣……

三百年的连理共渡，
三百年的风雨如初；
一棵松树，一株桦树，
相拥成世代仰慕的夫妻树。
万物在改变，世界在改变，
相拥相爱三百年依然如故；
我中有了你，你中更有我，
贫富不能移，风雨不能阻。

哦哦……
三百年动人传奇松桦恋，
动人之恋还会再活三百年。
相拥有福，挽手共度，

美丽的夫妻常青树。

三百年的合欢相濡，
三百年的相拥如初；
一棵松树，一株桦树，
坚守成美名传扬的夫妻树。
万物在改变，世界在改变，
相拥相爱三百年依然如故；
我中有了你，你中更有我，
富贵不分离，荣辱不能阻。

哦哦……
三百年动人故事松桦恋，
动人一幕还会上演三百年。
相拥有福，挽手共度，
值得重读的生命的书。

露　珠

晨露，晨露，一滴晨露，
踮起脚尖和我们打招呼。
朝阳住进了碧透的露珠，
露珠指引出一条清清白白的路。

清心明目，芬芳馥郁，
正道直行，含笑赶路。
一滴露珠，抖落尘埃的露珠；
一滴露珠，日夜清醒的露珠。

晨露，晨露，一滴晨露，
迈着碎步和我们打招呼。
你我映入了镜子样的露珠，
露珠照射出一条清清楚楚的路。

朗朗乾坤，清平鼓舞，
正道直行，春光常驻。
一滴露珠，抖落尘埃的露珠；
一滴露珠，枕着安详的露珠。

老同志是块宝

人生的雪飘,
依然在鬓角;
生命的笑傲,
闪动在眉梢;
相约在老干部大学校,
恰如同学年少。

活到老,学到老;
学到老,人不老。
老同志是块宝,
和岁月挑战,人更俏,
趁天儿还早,
向新生活报到。

人生的太阳,
再次升高;
生活的心气儿,
再次涨潮;
相聚在老干部大学校,

都是同窗年少。

活到老，学到老；
学到老，人不老。
老同志是块宝，
和时代拥抱，价更高，
趁风流今朝，
向新目标奔跑。

吉光照耀吉林

行云浩荡,东风飒爽,
时代送来一道祥瑞吉光;
彩云追逐,惠风和畅,
吉林拥抱一片福瑞吉光。

长白山铺满真豪情,
松花江注满新希望;
田野里舞蹈青纱帐,
云头上欢唱钻天杨。
吉光照耀吉林,
万象更新,催生万物茁壮;
吉光照耀吉林,
丰满长吉图腾飞的翅膀。

梅花鹿小伙般奔行,
金达莱姑娘样开放;
大平原养育大胸怀,
大森林练就好胆量。
吉光照耀吉林,

千秋伟业,挽起激情飞扬;
吉光照耀吉林,
鼓荡对东北亚壮丽的神往。

行云浩荡,东风飒爽,
时代送来一道祥瑞吉光;
彩云追逐,惠风和畅,
吉林拥抱一片福瑞吉光。

长春处处春

春风唤醒森林城,
梅花落在金鹿身;
花香飘送鸟语飞,
北国之春最传神。
绿涌净月潭,
染透杏花村;
广场拥含笑,
长街织绿锦。

哎,一步一层天,步步喜盈门;
春打城中生,春色满乾坤。
哎,一天一个春,天天福满门;
长春日日新,长春处处春。

绿风萦绕大学城,
科学创新春色深;
智慧滋育常青树,
北国之春最传神。
君子美如兰,

心地贵如金；
大气又宽容，
自强更奋进。

哎，一步一层天，步步喜盈门；
春打心中生，春色满乾坤。
哎，一天一个春，天天福满门；
长春处处春，长春日日新。

报春的城

红装素裹,雪雾飞腾,
北国的火热浪漫唤春;
雾凇争春,梅花迎春,
长春的冬天蹦跳春心。

千万种的爱,牵动衷肠,
冰雪鼓胀母亲的身。
阳光拉住春天的手,
阳光雕刻瑞雪的城。

春风化雨,风筝入云,
春天的故乡吉祥报春;
百鸟鸣春,百花描春,
长春的生命春色缤纷。

千万种的情,梦绕魂牵,
春天里扎下最深的根。
阳光拉紧瑞雪的手,
阳光挥洒春天的城。

长春笑微微

霞光敲门楣,晨风微微吹;
夜里嫦娥爱相随,吴刚梦不回。
呦呦鹿儿鸣,茸角起朝晖;
洗礼迎新清如许,净月一盆水。

休闲慢城人舒坦,
天天桃源心里美;
含苞待放不多语,
长春安逸笑微微。

有轨电车来,细碎火花飞;
公交摇篮轻轻摇,悠悠梦又回。
绿树搭凉棚,长街顺风美;
斜阳余辉映餐桌,南湖酒一杯。

休闲慢城人舒坦,
天天桃源心里美;
含羞儒雅不多语,
长春会心笑微微。

飘动的绿岛
——长春公交之歌

清风在问好，
街树在舞蹈；
霓虹眨眼笑，
阳光把手招。
运行在春天的城市里，
长春公交，一路小跑，
百姓少不了这生活的绿岛，
天天输送和谐的歌谣。

站台在问好，
路口把手招，
绕过些磕绊，
躲开些纷扰；
穿行在故乡的春风里，
长春公交，一路欢笑，
生活需要这移动的绿岛，
天天飘送和谐的歌谣。

移动的绿岛,祥和的歌谣,
吉祥的鸟儿起飞了;
温暖的怀抱,城市的爱巢,
心灵的花朵绽开了。
千丝万缕,民生情谊永远记牢;
千变万化,城市眷恋百折不挠。
我们和城市一同长高,
我们和长春一起奔跑。

欢乐兄弟
——长影世纪城主题歌

梦里见过你,迷离神奇;
醒来拥抱你,英姿豪气。

千难万险握在你手上,
千山万水装进你怀里;
魔幻领地,出其不意,
一场游戏一次逃避。
时光就像暴风雨,浇他个爽快淋漓,
长影世纪城,欢乐好兄弟。

千变万化指点逍遥津,
千丝万缕情系新传奇。
梦幻天堂,忘乎所以,
一段奇遇一出戏。
日子就像风雨后,撞他个彩虹绚丽,
长影世纪城,欢乐好兄弟。

白求恩还在我们当中

那胡须,很密实,
这个人,很传神。

有个身影他叫白求恩,
有种微笑他叫白求恩;
这精益求精是白求恩,
这默默付出是白求恩。
和需要我们的人在一起,
为信赖我们的人负责任;
用高尚和纯粹给予他们再生,
用第一的精神换取第二次生命。

不求所得,不忘感恩,
一身清白,一个好人。
不求所得,不忘感恩,
一生精诚,一个英雄。
白求恩还在我们当中。
白求恩还在我们当中。

有位老师他叫白求恩，
有位同事他叫白求恩；
这无微不至是白求恩，
这孜孜不倦是白求恩。
和需要我们的人在一起，
为信赖我们的人负责任。
用高尚和纯粹给予他们再生，
用第一的精神换取第二次生命。

第一的精神，第二次生命，
以我爱心，奉献他人。
第一的精神，第二次生命，
一生追求，一往情深。
白求恩还在我们当中。
白求恩还在我们当中。

那胡须，很密实，
这个人，很传神。

身边的延安
——吉林延安医院院歌

涓涓延河水，流经岁月远；
殷殷延安情，绵延东北天。
延安精神风骨在，
延安医院薪火传。

悬壶济世，慈善情怀；
医者仁心，精益致远。
春去春回春有术，
杏林杏发杏争妍。

只为做好一件事，为人民服务；
用心做好一件事，为人民服务。
全心全意，近民心解民难；
善做善为，为人民还心愿。
啊，民众身边有延安，
啊，民众身边的延安！

涓涓延河水，流经岁月远；

殷殷延安情,绵延东北天。
延安精神风骨在,
延安医院薪火传。

先管医疗,把病看好;
还管经济,尽少花钱;
照管思想善安慰,
掌管生活送温暖。

只为做好一件事,为人民服务;
用心做好一件事,为人民服务。
艰苦追求,扛起康宁一片天;
天道酬勤,为人民把梦圆。
啊,民众身边有延安,
啊,民众身边的延安!

心中有座宝塔

仁慈可以生根,
善良可以发芽,
爱心可以长大,
微笑可以开花。

有时正在治愈,
常常前往帮助,
总是亲临安慰,
医德醇厚善行天下。

延安宝塔山上的宝塔,
不远千里,东北把根扎;
吉祥安康的一座宝塔,
岁月无阻,生命放光华。

脚踏一片乡土,
手举一柱火把,
怀揣一块宝玉,
眼前一座灯塔。

红色血脉绵延,
红色烙印博大,
红色医生情深,
红色医院意气风发。

延安宝塔山上的宝塔,
不远千里,东北把根扎;
情深意长的一座宝塔,
岁月无阻,生命放光华。

前线的好妈妈

好多天看不到你亲爱的妈妈,
只在梦里喊着你亲爱的妈妈,
晚上的月亮像你呀妈妈,
白天的太阳像你呀妈妈。

啊,他们却不是妈妈,
亲爱的妈妈你才是我的好妈妈,
啊,我看见你哭了妈妈,
晶莹的泪花告诉我,
你更是我的好妈妈。

只在电话里听见你妈妈,
总说过两天回家来妈妈,
那天在电视上看见你妈妈,
白大褂白口罩后面的妈妈。

啊,辛苦了我的妈妈,
亲爱的妈妈你才是我的好妈妈,
啊,我看见你哭了妈妈,

晶莹的泪花告诉我，
你更是我的好妈妈。

小麻雀食阳光

有一群,小麻雀,
飞过来,把歌唱;
这一幅,水墨画,
铺展在,雪地上。

麻雀们,真快活,
徜徉在,大广场;
太阳光,金灿灿,
白雪地,添能量。

左点点,右敲敲;
它们在,拾阳光。
左品品,右尝尝;
阳光宴,喷喷香。

吃阳光,身体棒;
吃阳光,心里亮。
最寻常,最营养;
最好的东西在身旁。

后记：感恩写诗

冯 堤

写在前面：本书《知音图》原有副书题"——冯堤的诗集选"，视为顾名思义的阅读指引。因统一调整而放弃，留此说明。

"沉浸在诗的感召里"，是我想说的第一句话；"感恩写诗"，是我要说的第二句。诗，是我启蒙的领路人和第一陪伴，是我自学精神的引路明灯，是我学识跨界的导师天桥。学诗写诗近50年，必须感恩写诗。我拥有写诗的一根主线，文艺创作、策划研究的两条辅线，诗人作家、研究学者、咨询专家的三重身份。

一、诗和启蒙

长春是我的"襁褓"故乡，也成为我珍贵的文学意义上的故乡。1958大年正月里出生的我，在故乡仅读了个一年级（大经路小学，今第103中学）。每天放学，小碗米饭和半碗蛋糕用香味儿在屋里等我，而奶奶来到大经路街边用亲道的话语迎我："大（重音）学生回来了！"我没有见过1890年生、读过燕京大学的爷爷（冯兆異），而1887年生的奶奶（肖性素）的这句话便代表了冯家"兆"字祖辈,给"盛"字辈子孙的我留下人生最初的第一句诗。"好好学习",成为我终身的使命。

在一年级的暑假期,我们随沈阳冯家"彩"字辈男子排行老三、1930年出生南京的父亲冯彩金(大伯彩观、二伯彩林)下放,去了长白山腹地浑江市(今白山市)的三岔子镇(今江源区)。父亲被划"右派"改造、小学教员的母亲(温璟璐)受到影响,我则辍学在家,一是躲避挨同学打、二是照顾一弟一妹(弟冯旭小我1岁半、妹冯迪小我6岁)。在三岔子的小学我只上了较完整的四五年级(城墙小学),促使"自教自学"成为我人生第一能力!我还成为母亲教学班"批林批孔"大幅连环漫画的仿绘者。1972年全国教育调整"小回潮"的学习福分让我赶上了,吉林省林业系统中学率先呈现沸腾的年代,统一入卷的季考、学期考、学年考,火红的比学赶帮超,在"三岔子林业局第二中学"全年级6个班350名同学中的多科总分成绩,我持续保持在第4到6名暨男生第1至第3位"三把交椅"之中,因为年级前3名被仨女生给包揽了;全校唯一一篇火柴盒大小毛笔字的作文、红纸墨字在校园楼体展示的,那是我的;鉴于家庭的影响,当不了学习委员却可以当课代表,我一下子包揽了4个:语文、几何、地理、俄语,外加一项参加省里作文比赛的本校代表。

我是17岁时和诗歌结的缘。我的高中上的是"浑江市第三中学",1975年的歌谣体引我爱上了诗歌和通过学诗写诗而促进自学其它。1976年初开始通过母亲学校订阅首都北京刚刚恢复出版的期刊《诗刊》;在"专业班"实习教学阶段,我选择了到镇医院学习器械护士，被患者家长纷纷点名我这"手疾眼快的男生"给孩子扎"头皮针儿"，这和学写诗一样"认真能够征服一切"；5月来自《吉林青年》杂志社的我《珍重火红日历》的诗歌退稿和热情鼓励的来信，通过校长和班主任交到我手上、并抄写在学校黑板报上，8月写了小话剧《下乡前夜》在校演出，如此给学生时代画了句号。

1976年9月，户口办到了插队的菜社"城墙公社森工大队"，我成为历史珍重的全国一千多万名"知青"之一，且为标志性的"末代知青"的一员。上山卧雪拉木头，在队猪圈刨粪冰……一个冬天过后，招工到父亲所在的"通化地区东风煤矿"，我当了井下矿工，巧遇从地面破土掘进斜井建设新井口的机会，成为写诗有用场的井口兼职宣传员、板报员。1977年12月喜雪中的全国恢复高考我赶上了，虽然成绩传来却让母亲认真地阻止了体检，声称"不能再走你爸的老路"，我偷偷报名的文科到底还是漏了馅儿，次年改考理科并不理想。以家庭经历和自身阅历还有一定的读书，埋头3个月我写下了第一部电影文学剧本《雨霁》47600字，稿子上的长影红章鲜亮珍存："长影总编辑室来稿登记／编号379 地区浑江／79年10月4日"。

1979年初，父亲官复原职带一家人陆续归长，我留下来任了"通化地区东风煤矿子弟学校"的初中教员，井下背英语、巷道记单词和写诗创作一样都派上了用场，"学习到的都有用"的人生信条让我达成了。我教书、读书，写诗、投稿，为矿区广播站创编节目，诗作《山里的雨》《山花醒来的小道》视为专门奉献，还为学校争得了全省煤矿教育系统征文的一等奖，写了两个短篇小说。1980年秋诗作在省城和地区集中发表，转年1981年7月长春的调令到了，我正好送毕业了一届3年的初中生，视为留给第二故乡的纪念。

二、诗和成长

写诗才慢慢知道，故乡是供诗人诗意地亲近和严肃地景仰的。后来也知道，故乡长春在"三大战役"胜利之际曾被备选为新中国的"首都"，这使得吉林、长白山和边疆东北成为我主要的文学地理和文学题材。回到出生地的第一项工作，我投入到了中国80年代很红火的"轻纺不轻"的毛纺织行业，因已发表作品而作了团委干事和宣传部干部，采访出稿、刻写油印一把手；以论文《企业文化刍议》代表长春市纺织工业局参加全国思政会议贵阳论坛，获评二等奖。重要的是，北国福地长春，因为公木先生和吉林大学而成为新时期全国新诗创作的重要"星火"之乡。也还重要的是，工余，我以学弟的身份郑重参加了长春市工人文化宫的诗歌班和提高班，这是中国民间（非学院派）重要的诗歌创作地标，因产生好些知名诗人而被诗歌史学家称：是"由周长智领导的著名诗歌黄埔"。

此间，我在父亲母校（东北人民大学）的吉林大学带职学习，父亲为建设新中国的东北而从南京奔来成为东大（吉大）首批法律学新生。我用了不能再短的一年半时间，通过了3次考试的10门科目成绩全部合格的"自学考试"而获得吉林大学和省教育厅双双认可的大专毕业证书（新世纪再进修了浙江大学之江学院高研班）；时值调入吉林省计划经济委员会，选任参加与国家计经委联合创办《第三产业》月刊杂志，全国组稿、采编与拍摄,不光写诗写作派上了用场、也用上了自学的美术鉴赏,除担任责任编辑外,还跨界兼任了美术编辑、版式设计,1988年度我以积极工作和突出业绩获评单位唯一一位吉林省人民政府机关先进工作者的表彰。说来,高等教育的选校成为一种悄悄的家传,儿子(冯流)、儿媳(李萍萍)的硕士均就读于吉林大学,父、我、儿和媳一家子都是吉大校友,他们也工作在吉林省的高校和央企,这视为对父亲的别样告慰。

《第三产业》因故停刊后,我被吉林省商业厅(今省商务厅)引进收纳为《吉林商业》月刊责任编辑,兼吉林省商业经济研究所的研究员。人生的轮回根在福分,生活的戏剧性源于你心地的忠贞。我天天上班的省商业厅的办公楼,恰好距离对面路东我出生的"襁褓"院落仅100米,那是南北向北京大街大经路与东西向重庆路交会口东北侧当年父亲所在的省法院宿舍(父亲后借调北京中央司法部、再后调至吉林省司法厅负责全省律师的组织创建和发展工作)。我有过调动的机会,但都没有动。另外的理由是,坚守文学不一定必须在文学机构。生于斯长于斯安守于斯、诗心初心于斯,我一辈子不会流浪。迄今,在生养自己的父母之城长春,我长舒润了、待服顺了,且根须已壮,子孙瓜瓞、有孙有女(冯李白,冯李清)!祖德丰而家运顺,门风好则子孙贤,长子、长孙、长重孙一并敬拜告慰父亲和祖先,此可谓家与国的传承诗章!还可告慰的,包括我的弟(与弟媳莫愁)和妹(与妹夫姜新成)及后人(冯乔、姜帆)在内的整家子的人,皆未有背井离乡!

期间,我出版了第一部诗集《多情旅途》和第一部散文集

《阳光散淡》；由于陆续在《诗刊》《作家》发表朗诵诗《中国在为我们鼓掌》《我歌唱公仆》《我的二十五岁的厂长》，我成为上世纪80年代的朗诵诗代表诗人之一、城市朗诵诗人的代表作者，是当时吉林人民广播电台金牌栏目"诗朗诵"常任诗歌作者、青年诗人，兼职担任前辈诗人省作协芦萍主编、省电台钱璞主任的诗歌助理编审。小我父亲1岁的芦萍老师，主持了《吉林文艺》改刊的《长春》杂志，他使《长春》在全国文艺期刊中最早地为平反作家发表作品（包括萧军、公木、蒋锡金等）而成为一面旗帜，引来全国第一次16家有影响力的文学期刊在长春举行主编会议，如此加深了我的崇敬。新世纪以来，我持续担任吉林卫视大型主题晚会和春节联欢晚会等主题朗诵诗节目的创作诗人，长春电视台重大主题晚会和春晚主题朗诵诗节目的创作作家。我所做过的公开杂志报纸、公开图书出版、电台栏目展播和内部连续出版物等的编辑工作陆续30来年，占到我学诗写作50来年的三分之二，这种绵延多半生的专职和兼职的编辑职业，是我写诗创作与研究咨询相伴生的优异伴侣。

三、诗和创作

上世纪80年代是我诗歌的火红年代，节点一是1980年，节点二是20世纪80年代，节点三是9月7日创作发表纪念日。这年9月，短诗《山里的雨》（《吉林日报》副刊"长白山"），组诗4首《山花醒来的小道》（上封面要目的头条，通化地区文学艺术界联合会《长白山》季刊第3期），《霜花》《谷地，沙沙响》（《浑江文苑》第1期头题），《泉水》（《浑江储蓄》报第3期），《孩子，她睡了》（吉林省文学艺术界联合会《长春》文学月刊第12

期),还有组诗4首《山村的太阳》(吉林人民出版社《新苑》季刊)、《纺织厂印象》(吉林省群众艺术馆《参花》月刊)等集中刊发。

诗作《抬木头的汉子和他们的风雪楞场》获评全国希望诗歌联谊会首届新诗大赛二等奖,在1984年杭州西湖中秋诗会上受奖;朗诵诗《中国在为我们鼓掌》(1985年第8期《诗刊》月刊,中国作家协会)获评全国希望诗歌联谊会第二届新诗大赛一等奖、我被推举为联谊会副会长,在1985年武汉东湖中秋诗会上受奖;朗诵诗《我歌唱公仆》(1984年第7期《作家》月刊,吉林省作家协会)被重点刊发,由吉林人民广播电台著名栏目"诗朗诵"首篇配乐播出,获评展播节目一等奖。1991年中国作家协会所编《中国当代青年作家名典》收入我的创作传略,当年我的第一部诗集《多情旅途》被编入"当代诗人书丛"、将由中国国际广播出版社出版,后拖延到1994年10月由吉林人民出版社出版;1995年3月14日,长春市文学艺术界联合会举行了"青年诗人冯堤作品研讨会"。诗作《抬木头的汉子和他们的风雪楞场》和散文《秋天的性别》分别获评东北四市"北国之冬""北国之秋"文学征文的一等奖和二等奖;诗化小说《凉的雪,暖的雪》刊发《今天》月刊1990年12期,获评"吉林省职工业余作者小小说大奖赛"二等奖,1992年由《小小说选刊》转载。

新世纪初,歌词歌曲《前线的好妈妈》获评全国征歌的银奖第一名;2008年5月由《诗人公木》《科学家蒋筑英》《小巷总理谭竹青》3首组成的组诗《长春好人》,在"春天送你一首诗"活动《诗刊》大赛上获评优秀作品奖;7月受邀参加第29届奥运会北京奥运作家大型采风活动,100行30来字长句子的长诗《娜芙普利都大祭司》是我剧式结构的尝试成果、12 条注释视为谢幕，刊发于《北京文学》2008 年第 10 期，是本期最长的一首，收录中国青年出版社《奥林匹克的中国盛典》和《吉林文学作品年选 2008 年卷》等选刊选本，北京是我诗作发表的第二故乡，是我精神故乡的"北京情结"。《露珠》《天上的长白山》《白求恩还在我们当中》等我的多首词作歌曲由包括妻子（韩冰）在内的吉林省交响乐团歌唱家宿将们在舞台上演出过和获过奖，《天上的长白山》《长春处处春》组作上封面要目刊发于《词刊》2009 年第 9 期，歌诗《三百年的夫妻树》等刊发于《上海词刊》等；《大叶杨：让春天长驱直入》获评长春市"人民大街百年沧桑征文"一等奖榜首，《把春藏着慢慢享用》获评 2010 年全国散文大赛优秀奖，电影剧本《美金八百万》刊发《电影文学》2012 年 3 月第 5 期、列入拍摄计划。此亦证实，故乡的情感是诗人最深的创作底色。

期间与此后，作品还散见于《人民文学》《文汇月刊》《长春》《诗人》《春风》《青年诗人》《新苑》《参花》《第三产业》《吉林商业》《南北桥》《今天》《小小说》《兴安文学》《绿风》《词刊》《北京文学》《上海歌词》《江河》《作家》《意文》《诗选刊》《诗歌月刊》《北斗》《轻音乐·歌词》《黄龙府》《关东文学》《报告文学》《音乐文学》《电影文学》《戏剧文学》《中国京剧》《文艺争鸣》《中国政协》《民主》等刊，《文艺报》《中国艺术报》《中国文化报》《人民日报·大地》《人民政协报·华夏》《吉林日报·东北风》《长春日报·君子兰》《深圳特区报》等报；获得《诗刊》奖、全国散文奖、全国征歌奖、国家图书出版基金奖、吉林文学奖、长春文学奖、长春君子兰文艺奖等。

继 1995 年短诗选《多情旅途》出版后，2010 年歌诗选《琴瑟书》、2015 年长诗单行本《抗日歌魂》、2019 年朗诵诗选《神情赋》、2024 年诗集选《知音图》相继出版；还出版有散文选《阳光散淡》《抗日顶针》《长白山散怀》和长篇散文《很长春，很文化，很情调》(发行 20000 册)，长篇报告文学《动词电影：长影世纪城传奇》《前行：在公交优先的道路上》《千里边境千里暖》等文学著作，计 20 部。我 1995 年加入了中国民主促进会，1983 年加入长春作家协会、1986 年加入吉林省作家协会、2013 年加入中国作家协会，连任了 15 年的长春市作家协会副主席。世人一生要有一个精神载体，我的是诗和文学。

四、诗和身份

无论对于个人还是时代，诗都是重要而特殊的记忆方式。我的生命和人生，如是共和国编年史的专职见证者并记录者，重要的环节都让我身在其中。我的成长与工作业绩，还突出建树在持续借调到的长春市文联、吉林省文联、吉林省委宣传部、吉林省社会科学院和吉林省政协，评了正高级教授职称、任了副厅级行政职务，拥有了三重职业身份——

第一重身份是诗人作家：中国作家协会会员，吉林省文艺评论家协会理事，长春市作家协会连任三届 15 年副主席（2006 至 2021 年）、长春市文学艺术界联合会顾问，民进吉林省委文化艺术委员会主任，长影艺委会委员，吉林大学、东北师范大学、吉林艺术学院等多所高校客座教授和文艺项目剧目的顾问指导，获得长春市委宣传部命名的"长春百名文艺新秀"和"长春市德艺双馨文艺工作者"称号；出版文学专著20部（诗选、散文选、长篇报告文学等），主编书著50部，电影和舞台戏曲剧本10部及重点选题文艺创作多项，获得一些奖项。

第二重身份是研究学者：吉林省人民政府第十批突出贡献专家、省政府特殊津贴享受者，吉林省政协文化教育委员会副主任、吉林省政协连任三届15年委员（2007至2022年），作了省文化厅（文化和旅游厅）、省商务厅、省教育厅、省民政厅、省人社厅、省旅发委等吉林省政府多个委、厅、局的咨询委员会委员、智库专家和教科研成果评审专家，作过吉林省红色旅游专家组组长，参加吉林省委、省政府重要研究课题组课题多个，吉林省社会科学基金、省财政厅基金、省文旅厅基金等10个项目的课题负责人和执笔人，吉林省社会科学院研究员，吉林省社会科学界联合会委员，吉林省公木研究会会长，吉林省松花石研究院院长，新任吉林省城乡经济与社会发展研究中心理事长、兼专家团主席。

第三重身份是咨询专家：领办创办吉林省第一家品牌顾问咨询公司"吉林省风度力品牌形象策划顾问有限公司"任董事长和首席规划策划专家，因服务于长影集团"长影世纪城"全国第一家电影主题公园项目申报北京而获评"2006年度中国十大策划人奖"（吉林省唯一一次、唯一一位此奖获得者），服务于上市公司"东北证券"的企业文化和编办《东北风》月刊3年，获评"上海世界博览会吉林馆"策划研究突出贡献奖、吉菜发展研究贡献奖、长春市社会科学优秀成果奖，中国长春电影节、中国（长春）民间艺术博览会策划专家，主笔、执笔行业、产业、企业、产品的可研报告与商业计划书近百部。

五、诗和跨界

我所在的50年代末和60及70年代生人,能够守住故乡是一种难得和骄傲,还可算是光荣的慎独。所以我在刊发作品时的简介中,不用以"吉林长春人"来挽留故乡,因为我"生也长春、居亦长春、守还长春"。长春更是我诗和文学意义上的故乡,所以在我的身上和作品里从没有过城乡关系的对立表达。

我拥有了30来年没变的一个月左右使用一次图书馆的惯例,还与换一次书和刊,先是长春市图、后加上省图,再后来是儿孙们陪同,且成仪式。当然,读书用书要有目标和目的,从而涵养元气,为此所读之书必要有所选择。我已经保持并且还将坚守作"终生学习"的人(首当包括写诗和创作),还要给正从小学生起步慢慢成长成人成熟的孙和女作出熏陶,立为潜移默化的榜样:人之为生终身都将学习!

我也拥有着几近无限的创作资源积累,偌大中国改革开放的第一块敲门砖、首当其冲的部门是商业部。此前我已在了商业厅几年,从零售批发到饭店服务,从饮食副食到食品工业,从猪糖盐专卖到加油站审批,还包括自行车缝纫机各类票证,我所在的商业包罗万象、管得几乎宽过大海,也就锻炼了我这爱学习、勤思考的人。东北可以代表中国的还有"国企改革",吉林在三省中的特殊性是集中汇聚了各行业的"中小型国企",然而这些个"中小"多是以"零出售"或极低售价完成的"改革"。这种心疼一直被埋在我的关注里。

我还拥有了全国红色历史线路培训考察调研的珍贵积累,

瑞金吉安井冈山、龙岩上杭长汀古田、遵义茅台娄山关、延安西安杨家岭宝塔山、鄂豫皖根据地太行山、嘉兴浦东安阳红旗渠，还有正定浙大宁德福州，长征路走了过半、革命红区到过多半；另有杭州上海横店乌镇义乌、海宁海盐辛集青岛大连等大文旅及延伸项目的可研旅程，关于松花石与砚的研究我专赴过北京故宫博物院（紫禁城），还作为调研组的组长。人不能是树叶吹到哪里算哪里，所谓远行最终为的是做到踏实的初地初心坚守。

功夫还由衷地用在本土历史与文化的研究上，特别是公木研究的课题，我和陈耀辉主席近年完成主要两项，一是作为建党100周年的2021年吉林省政协年度提案的落实结果，中共吉林省委宣传部和吉林省作家协会采纳而决定从第六届吉林文学奖开始更名为"公木文学奖"、并已经首次颁奖，填补了一项空白；二是申报获得立项并由我执笔结项了吉林省社会科学基金2020年度项目课题《延安文艺精神中的公木风范在新时代的传习研究》（项目编号2020B193），5万字的两个成果《公木的延安之路研究》和《歌载军魂"向太阳"——〈八路军进行曲〉的史诗赓续研究》呈现出诗史与军魂的历史厚重。

诗是根基，同于文学是所有艺术的本和源。写诗，既是学习和保有古人境界、文人精神的金贵方式，也是人生优良养成之热肠古道，内蕴着忠贞的精神导向。我们的退休应该是人生的再奖章，而不只是闲歇的散养床。2024年春来与秋深，我拿出了《公木书：恩念延安》《松花石诗篇：紫禁崇奉》两个组诗的新作。我坚守着诗史文学史文化史等代表性研究项目和文艺创作重点选题项目，手上的戏曲剧作的题材创研、规划策划、结构剧式、唱句台词，更将得益于诗的孵化呵护和培育滋养。今生像诗一样活着，诗为我既雪中送炭、也锦上添花。诗是我的启蒙、学伴和一生的情人。写诗是我的韶华，感恩写诗，韶华不老，祝愿常在。

2024年9月7日，作品创作发表44周年纪念日